KB276086

男과 女, 그 영원한 숙제를 풀기위한
두 남녀의 리얼 서신교환 프로젝트

이별할 때 키스하기

남자와 여자는
아담과 이브였던 그 시절부터
서로를 궁금해 했고
지금 이 순간까지도 우리는 풀지 못한 숙제를 안은 채
'사랑'을 하고 있습니다.

누군가를 좋아하고 누군가에게 상처를 받고
아픈 줄 알면서도 또 다른 누군가를 사랑하기 시작하는 우리들.

지금 이 순간,
누군가의 마음에 대해 궁금해 하고 있는 당신에게...

차례 contents

1. 솔직하게 남자들의 마음을 저에게 이야기해 주실 생각 없으신가요? • 12

2. 남자들은 한 여자를 사랑하면서도 또 다른 여자를 사랑할 수 있나요? • 22

3. 남자는 잡은 물고기에는 미끼를 주지 않는다 • 40

4. 열 번 찍어 안 넘어가는 나무 없다 • 50

5. '우리 친한 오빠 동생으로 지내'의 남자와 여자의 속마음 • 62

6. 남자들의 호감추파 감별법 & 여자들의 호감 리액션 • 74

7. 연애하기 좋은 여자, 결혼하기 좋은 여자 • 88

8. 여자들에게 '예쁜 친구'의 기준 • 94

9. 옆구리 몇 번 쿡쿡 찔러놓고, 몇 번 잘 만나다가 도망가는 이유는 뭐죠? • 100

10. 나를 좋아해주는 여자, 내가 좋아하는 여자 • 110

11 . 하룻밤을 보낸 남자, 다음날 애정이 깊어질까?
     아님 알다 못 해 연기처럼 사라질까? • 120

12 . 왜 여자들은 늘 결정적인 순간에 '여자보다 남자가 …더' 라는 원칙을
     내세우는가! • 130

13 . 여자가 입술을 허락하면 모든 걸 허락한 거다? 착각은 금물! • 142

14 . 남자가 여자 친구에게 하는 '미안해' 는 과연 진심일까? • 150

15 . 사랑 고백하는 여자에게 상처주지 않고 거절하는 방법 • 160

16 . 남자들은 왜, 옛 애인과의 사진을 쉽사리 버리지 못하는 걸까? • 168

17 . 여자들의 이별 대처법 VS 남자들의 이별공식 • 176

18 . 여자들은 왜 나쁜 남자를 좋아하는 걸까? • 186

19 . 이런 남자 조심해라 VS 여자가 볼 때 나쁜 여자 • 220

20 . 소개팅 때는 어떤 의상과 스타일이 좋을까요? • 256

 캡슐 없는 아스피린, 남자친구와 헤어진 지 얼마 안 된, 남자들에 대해 궁금한 게 너무 많은 女

 돈키훈테의 줄임말, 세상일에 오지랖이 넓고, 한번 거절당한 여자에게 두 번째 도끼의 기회를 노리는 男

왜 현실에는 이런 남자가 존재하지 않는 걸까?
보는 내내 내가 길라임인 것 마냥 심장이 두근거렸던 시크릿 가든.

인물, 재력, 성격 뭐 하나 빠진 것 없는 남자가
사랑 하나에 모든 걸 버리고
심지어는 자신의 목숨까지 바치려 하다니

중세의 로미오가 살아있다면 바로 주원님이 아니었을까?

사랑에 목숨까지 바치는 남자
드라마나 영화나
노래에서는
그런 남자가 있다고 자꾸 알려주는데

왜
왜
왜

내 주변엔 없는 걸까?

갑자기 현실 속에 사는 내가 속상해진다.

tag 아린, 현빈, 주원, 시크릿가든

돈키훈테

왜 현실에 이런 절세미인은 존재하지 않는 걸까?
보는 내내 라임이 내 여친이었음 하는 생각이 워낙 강한지라 잘 꾸지 않는 꿈에까지 그녀가 나타났다. 물론 입술에 한가득 거품을 묻히고...
글을 읽다 보니 기가 차 한 말씀 올리지요. 현실에 그런 남자가 없는 게 아니라 그런 맘 먹을 만큼 뻑갈 여자가 없어서란 생각은 안 해보셨는지요...^^

아린

아...저기...저는 그런 뜻으로 쓴 게 아닌데...
그런데 꽤나 말투가 도전적이시네요? 절세미녀! 물론 현실에 존재하지 않죠.
저는 외모를 얘기한 게 아니라 사랑에 목숨 거는 남자에 관한 얘기를 하고 싶었던 거에요.
요즘 남자들이 '사랑 겁쟁이'라는 생각이 들어서요.
혹시, 돈키훈테님도 사랑겁쟁이가 아니신지...
외모에 대한 허상은 졸업한지 오래됐으니 걱정 마세요.^^

돈키훈테

아니 귓구멍에 살이 좀 찌셨나봐요.
아니다, 시력 군면제 당하셨나 보네요.
사랑이 차오를려면 최소한의 기본적인 보호본능이 솟아나야 목숨을 걸든 보증을 서던 할 거 아닙니깨! 괜히 욱하네!
그리고 남이야 겁쟁이든 정의의 용사든 그쪽이 관여 상관 할 바 아닌 듯 싶네요.

아린

저기요... 왜 그렇게 예민하게 나오시는 거죠?
전... 그냥 현실에도 그런 남자가 있었으면 얼마나 좋을까...그냥 생각을 적었던 것 뿐인데 어떤 점이 님을 자극했는지 모르겠지만...

그냥 여긴 제 개인 공간이라고 생각해 주시면 안될까요?
그런데...'기본적인 보호본능'이 뭔가요?
하늘하늘한 원피스에 긴 생머리 휘날리며 '홍홍' 하고 웃음 짓는... 혹시 그런 걸 말씀하시나요?
남자들은 정말 그런 여자들에게만 목숨을 거는 건가요?
훈테님은 그런 한 떨기 꽃송이 같은 여자들만 좋아하시나봐요?

본인의 취향은 알겠으니 그만 하시구요.
그냥 저의 개인 공간이니까... 이만 나가주시죠?^^

후우~~~
잘 먹고 잘 사쇼!
동방신기 '왜' 들으러 왔다가 왠 낭패야...

저기요. 남자들 꽃송이 같은 여자한테도 목숨걸지만 이해심 많고 인내심 넘치는 여자한테도 목숨 걸거든요. 보아하니 그쪽 대단하신 주인장께서는 하늘하늘한 원피스도 안 어울리고 긴 생머리도, 미소도 아름답지 않아 주원 같은 백마 탄 왕자가 안 나타나는 거에요.
그나마 분수를 아니 다행이긴 하지만...

헐...이제 인신공격 하시는 건가요?
인터넷 세상이 험하다 험하다 하지만...
절 언제보셨다구...사과하세요!!!
아니면 정말...화낼거에요!!!

안 봤으니까 막말하죠!
그리고 그나마 지성과 교양을 갖춘 저니까 나름 순화해서 쓴 건 줄 아세요.
그렇게 여려서 세상은 어찌 살아가는지... 쯧쯧.

흠흠...
훈테님이 걱정 안해 주셔두 잘 살고 있는 여자랍니다.
그런데 사과를 하신건가요?
정식으로 사과를 전 들어야겠는데요?

네~ 네~ 까짓것 뭐가 어렵다고...
무진장 죄송+미안+사과 100개 드립니다...

솔직히 두 분 초딩?
이런 걸로 왜 싸우지??
—;;;

왜?

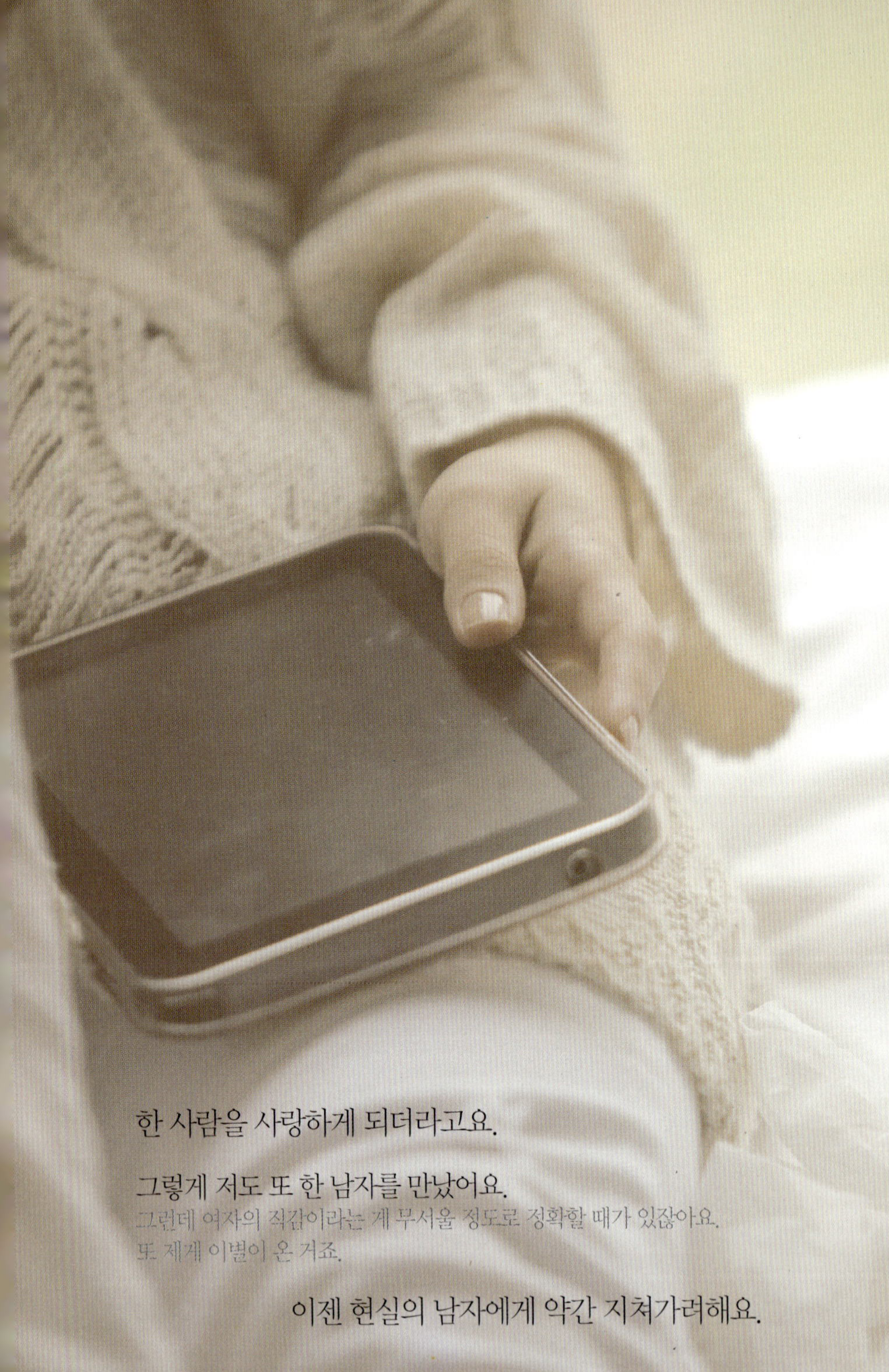
한 사람을 사랑하게 되더라고요.

그렇게 저도 또 한 남자를 만났어요.
그런데 여자의 직감이라는 게 무서울 정도로 정확할 때가 있잖아요.
또 제게 이별이 온 거죠.

이젠 현실의 남자에게 약간 지쳐가려해요.

솔직하게
남자들의 마음을
저에게 이야기해 주실
생각 없으신가요?

사건 3일 후, 아린의 첫. 번. 째. 편. 지

남자들은 여린 꽃송이 같은 여자들에게도 목숨 걸지만 이해심 많은 여자한 테도 목숨 건다고 하셨죠? 그런데 아무리 이해심을 넓히고 넓혀도 목숨 거 는 남자들 따위는 찾아볼 수도 없는 현실은 왜인건가요?

가만히 걷고 있는 저의 발밑을 '툭' 하고 건드리고 도망가는 건 반칙 아닌가요?

"그래! 좋다 그럼 당신이랑 얘기 한 번 해 보자" 하는 심정으로 메일을 보냅니다.

이별을 한 여자의 구차한 고백일수도 있지만 남자들은 왜 그런 건지!

한 번 제 이야기 들어 보실래요?

사람들은 사랑을 하고 나면 그 사랑이 남긴 생채기 때문에 한참을 아파하다 가 '다신 사랑 따윈 안 할거야!' 라고 마침표를 찍고 장담을 하지만 또 어느새 자석에 끌리듯

한 사람을 사랑하게 되더라구요.

그렇게 저도 또 한 남자를 만났어요.
그런데 여자의 직감이라는 게 무서울 정도로 정확 할 때가 있잖아요.
또 제게 이별이 온거죠.
이젠 현실의 남자에게 약간 지쳐가려해요.
어디 주원님 같은 남자는 없는 건지...

오늘도 남자친구에게게선 전화 한통 없습니다.
뭐, 제가 헤어지자고 했으니 당연한 거겠죠?

그의 방에 당당히 들어가 있는 '다른 여자'에게 한 손을 건네며 '우리 잘 지내보자' 하고 쿨하게 악수라도 해야 하는 건가요? 아님 지금 당장 남자친구에게 달려가 시원하게 따귀 한방 올려다 붙여야 될까요?

드라마 속 주인공 같은 남자는 진정 이 세상에 존재하지 않는 건가요?

여자들이 꿈에 그리던 이상형들은 드라마나 영화필름 속에서만 살고 있나요?

도대체 남자라는 인간, 외계인, 동물 그 존재를 모르겠습니다.
남자의 머릿속이 궁금해 죽겠어요. 수학공식은 배워서 풀면 되고 상사나 친구와의 갈등은 대화나 술 한 잔으로 풀면 된다지만 도대체 남자란 공식은 어떻게 풀어야 할지...

제 주변엔 '남자는 이런 자식이야' 라고 솔직히 얘기해줄 사람이 없더라고요.

이제 제 나이 앞에 3이란 숫자가 붙었습니다. 이젠 사랑 때문에 그만 속고 그만 아파하고 싶은데... 누군가 붙들고 이것저것 물어보고 싶네요.

그런데 좀 가까운 사람에게 묻자니 유치하다, 아직도 꿈꾸며 사냐 하고 웃음거리만 될 것 같아서, 솔직히 소문도 좀 무섭고.

제 주변의 여자 친구들에게 물으면 결론은 다 남자들은 '도둑놈', '나쁜놈'이라네요. 그래놓고 자기들은 나쁜놈들이랑 연애만 잘하더만...
사람 사는 일에 정답이 존재하지 않는다는 건 너무나 잘 알아요.
특히 '사랑'에 관해서는 정답이라는 말 자체가 모순이라는 것도 너무 잘 알고 있습니다.

그런데 다시는 멍청한 사랑도 하기 싫고, 또 속더라도 좀 알고 속아 넘어갔으면 하는데...

솔직하게 남자들의 마음을 저에게 이야기해 주실
생각 없으신가요?

지금 이 순간 당신에게 메일을 쓰고 있는 내가 '미친것' 같지만 그래서 이
메일을 끝내고 '보내기' 버튼을 눌러야 할지 말지 고민 중이지만 잔혹한 진
실이라도 알고 싶은 마음에...

이해해 주실 거죠?

금성에서 아란 보냄.

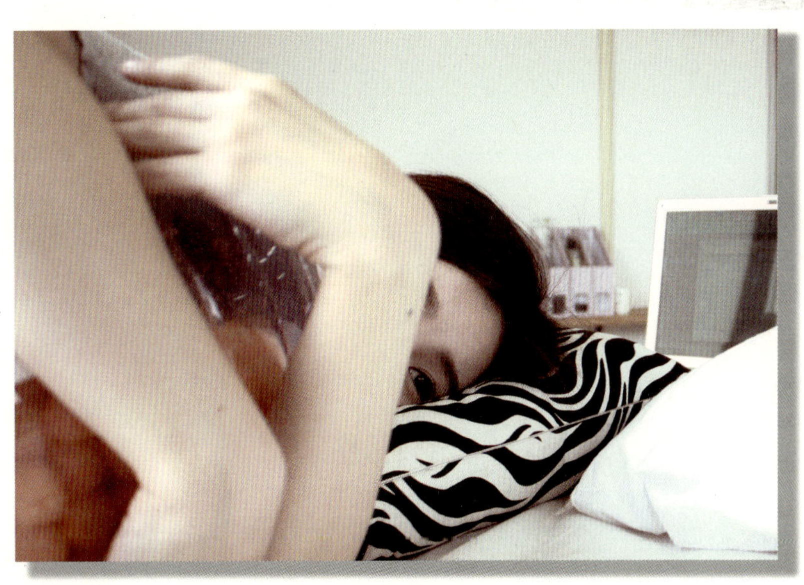

제가 괜한 짓을 한 것 같네요.
지푸라기라도 잡고 싶은 마음에 모르는 사람한테 덜컥하고
속 얘기를 꺼낸 메일을 보내버렸으니... 제가 미쳤었나 봐요.

입장 바꿔 생각해 보더라도 저한테 이런 메일이 온다면 어떻
게 반응해야 할 지 난감할 것 같은데... 뭔 배짱으로 제가 님
께 메일을 썼는지, 그날 알코올이 문제였던 것 같아요.

혹시 이 메일을 먼저 보시면 전에 제가 보낸 메일은 안 읽으
셔도... (사실 읽지 않았으면 하는 바람이 더 큽니다!)

귀찮게 해드려서 죄송해요. (이게 뭔 일이래...)
원래 저 이런 사람 아닙니다.

그럼 즐거운 하루 보내세요.

아린 님 보세요.

어쩌죠, 메일온 지 몰랐다가 두 번째 메일을 보고서야 알았는데.
차라리 다음 메일을 보내지 않으셨으면 그냥 다른 메일에 밀려 스팸과 함께 하
직했을 텐데 도리어 역효과를 냈네요.

그나저나 덕분에(^^) 촘촘히 내용을 곱씹으며 읽어보니 남친이랑 헤어지신 것
같은데 짧은 오지랖으로 한 말씀 드리자면 그냥 얼른 먼지 털이로 툭툭 털어내
세요. 저도 남자지만 아린 님이 괴로워하고 슬퍼하는 만큼 절대 상대가 같이 힘
겨워 하며 식음을 전폐하고 있진 않아요. 한마디로 당신만 손해예요. 뭐 물론,
제가 이미 많은 주변 동생들, 그러니까 여동생들이나 간혹 누나들에게 똑같은
말을 하지만 다들 머리로는 알아들어도 맘이 따르지 않는다며 그냥 잊혀 질 때
까지 힘겨운 사투를 하는 걸 보면 아린 님도 예외는 아닐 듯싶지만...

한편으로 오죽 답답했으면 단지 제가 남자라는 이유로 저한테 이리 메일을 보
냈을까. 내심 이해는 가네요. 사실 제가 평소 인터넷을 그리 즐기지 않아 잘 몰
랐는데 이럴 땐 익명이란 게 정말 좋다는 생각이 드네요.

제가 NO를 하더라도 어차피 아린 님이 창피할 일도 없고... 물론 저 또한 미안
하거나 난처해 할 필요 전혀 없으니까요. 머리 좋으신데요. 혹시 상습범 아니신
가요? ^^

구구절절은 이만하면 됐고, 요점을 말하자면 다행인지 불행인지 상대 하나는 잘 고르신 것 같네요. 제가 좀 오지랖이 넓어 남의 사담에 관심이 정말 많거든요. 거기다 본의 아니게 요즘 제가 부쩍 한가한 터라… 곰곰이 생각해 봤는데 재밌을 것 같아요.

얼마나 질문이 많으실지, 언제까지 메일을 보내오실지 모르겠지만 까짓것 함 해보죠 뭐!

대신 각오 단단히 하셔야 할 겁니다. 저도 익명의 장점을 한껏 살려 무진장 독하게 퍼부을 거니까요. 뭐, 지금이라도 아니시면 얼른 포기하셔도 되고요.

그럼 답 기다리겠습니다.
괜히 설레네. 크크크.

CHAPTER 2

남자들은 한 여자를 사랑하면서도 또 다른 여자를 사랑할 수 있나요?

1년이라는 시간은 이 남자에게 아무것도 아닌 가요?

남자들은 한 여자를 사랑하면서도
또 다른 여자를 사랑할 수 있나요?

3일 후, 아린의 첫. 번. 째. 편. 지

익명의 누군가에게 제 이야기를 꺼낸다…
예전이라면 상상도 못할 일인데…
때론 익명성이 무모한 사람들을 죽이기도 하지만 이번엔 저를 살려 주네요.
정말! 진짜!
전혀 예상치 못한 돈키훈테님의 답장에 한껏 소심해져 있던 저에게 용기가
생겼어요.

아자, 아자!

그래서 오늘부터 남자들에 대해 궁금했던 이야기들을 좀 물어볼게요.

상처가 빨리 낫는다는 각종 연고 및 소량의 알코올 등의 치료약은 준비해놓
고 돈키훈테님의 메일을 기다릴테니 성실하고 잔인한 답변, 부탁드릴게요.

남자들은 왜 그래요?

정말 남자들은 왜 그런건가요?
저에겐 1년이라는 시간을 '연인' 관계로 지낸 남자친구가 있었어요.
그리고 돈키훈테님이 눈치 챈 것처럼 얼마 전 '이별' 이란 걸 했답니다.

그 사람과 전 서로 한눈에 호감이 있었고 그래서 연인이 되었어요.
모든 연인관계가 그렇듯 말이죠.

그런데 이번에 제가 이별을 하게 된 건,
그 남자친구님께서 바람을 피우다가 저에게 딱 걸리고 만 거예요. 그 충격
으로… 이렇게 돈키훈테님께 메일을 쓰는 지경까지 왔네요. (혹시나 '돌아이'

같은 여자라고 생각했을까봐...)

그 놈(?)은 1년 동안 제 눈을 바라보며 '사랑한다', '너밖에 없다', '영원히 내 옆에 있었으면 좋겠다' 등등 갖은 달콤한 언어로 속삭이더니 어느새 다른 여자에게 또 그런 달콤한 단어들을 얘기하고 있었던 거죠.

그 동안 저에게 한 그 말들은 다 거짓말 이었을까요?
어떻게 남자들은 여자친구가 있는데도 바람을 필수가 있죠?
그리고 돈키훈테님에게 어차피 다 털어놓기로 마음먹었으니!
더 기가 막힌 일도 있었어요.
그 남자의 바람의 현장(문자 보내다 저한테 딱 걸렸거든요)을 저한테 들킨 그 날, 대놓고 '너 바람피우는 거니?' 라고 물었더니,

"바람이라니?? 무슨 소리야?? 왜 그렇게 이야기를 하는 건데? 너 나 못 믿어? 우리의 1년이란 시간이 이 정도야?" 라고 적반하장 격으로 뻔뻔하게 화를 내더라구요.

기가 막히고 코가 막혀서 그냥 '끝내자' 를 외치고 뒤도 안 돌아보고 왔어요.

지금 전 지난 1년이라는 시간이 아까워 죽겠어요.
그냥 제가 물었을 때 제 앞에서
'바람피운 거 맞다. 미안하다' 라고 하면 조금이라도 용서할 수 있었을 텐데...

남자들은 왜 그런가요?

"클럽에서 술 취해 쓰러져 있는 여자를 도와줬는데 고맙다고 연락 와서 밥 한번 먹었다. 그게 바람이냐..."

됐다고 그러세요. 그런데 왜 문자에 하트 ♥💛💚 (뿅뿅뿅) 은 날리는 거냐고요.

남자들은 한 여자를
사랑하면서도
또 다른 여자를
사랑할 수 있나요?

1년이라는 시간은

이 남자에게

아무것도 아닌 가요?

충격이 우려되는 첫. 답. 변. 서.

일단, 벌렁거릴 심장을 대비해 우황청심환 한 알 먼저 자시고 다음 줄을 읽으시
길 권고할게요. 사실, 제가 아린 님 말고도 여러 친한 여자들에게 이런 질문 많
이 받았는데 속 시원히 답해 달라길래 막상 그렇게 해주고 나면 다들 말 끝나기
무섭게 한 겨울에도 냉수를 찾더라고요. 그러니 아린 님도 마음 단단히 먹고 들
으세요.
험험, 저도 물 한잔 먹고...^^

자 준비되셨나요?
그럼, 열불 지필 답변을 시작하도록 하겠습니다.

우선, 거두절미, 단도직입, 결과론적 답변을 해드리자면 아린 님의 그 님이 당
신을 사랑하지 않은 건 절대, 네버, 결코 아닙니다.
왜냐...?
자고로 아담의 갈비뼈로 이브가 만들어졌다고 철썩 같이 믿는 남자들에게 있어
사랑한다 말할 수 있는 이성이란 이식수술의 까다롭고 복잡한 과정처럼 여러
가지 기준을 통과하고 나서야 작위를 부여받은 기사와 같은 존재입니다. 그 만
큼 심사숙고 끝에 결정하는 만큼 쉽사리 박탈되지 않습니다.

그런 기준에서 보면 잠시 잠깐 만난 클럽녀는 남친의 말대로 그냥 스쳐지나가
는 인연일 가능성이 높습니다. (물론, "아직"이란 전제가 붙지만.)

무엇보다 작위라는 것이 왕이 스스로 인정하고 하사하는 것인 것처럼 남자에게
있어 제 입으로 "사귀자, 사랑한다."라고 구체적으로 표현하는 것
이 바람인데 자신이 클럽녀에게 사귀자고 하거나 사랑한다 말하지 않은 이상

절대 바람피운 게 아닌 거죠. 때문에 왜 바람 피우고 사과하지 않느냐는 아린 님의 말은 남친 입장에선 결코 받아들일 수 없는 억지인 거죠. 거기다 여친이라 는 이성은 이 세상 오직 자신 하나여야 한다는 이기적(어디까지나 남자 입장에서) 주장은 더욱 남자를 갸우뚱하게 하는 거죠.

무슨 소리냐고요?
그건 이름하야 남자의 "**표준연애용어사전**"(어디까지나 제 나름의 기준으로 정의한 것임을 밝힙니다.)을 찾아보면 쉽게 이해 할 수 있답니다. (물론 지금껏 경험 상 모 든 여자들이 머리로는 이해해도 마음으로는 이해는커녕 분노를 일으키긴 하지만...)

좀 더 쉽게 풀면 아린 님의 그 남자에게 아린 님은 순서상 가장 앞 선 여친이지만 언제든지 바뀔 수 있는 존재이고 또 하나, 바람을 피우지 않았다고 도리어 발끈하는 건 그 클럽녀에게 적어도 사귀 자고 한 적이 없기 때문이죠.

지금 "말도 안돼!"라고 한숨을 푹푹 내쉬고 계시죠?

사실 남자인 저로서도 비겁한 변명으로 느껴지지만 이는 태곳적부터 남자들에 게 유산처럼 이어져 온 불문율이기에 저두 어쩔 수 없네요. (저 또한 저랑 상관없 는 아린 님이니까 이렇게 솔직히 말하지 만약 제 여친이 묻는다면 분명 저도 다른 남자 들과 똑같이 말할 거니까요.)

이해를 돕기 위해 보충설명을 드리자면 위에서 말한 대로 그 유산의 시작은 태 곳적 아주 먼 옛날 호랑이가 단군 할아버지께 첫 담배 배우던 시절로 거슬러 올 라갑니다. 男과 女라는 신체적 특성에 따른 구분과 사회적 개념이 생기기 시작 한 때부터 알다시피 남자는 밖으로 나가 사냥이나 채집 활동을 통해 먹을거리

★표준연애용어사전★

여친 (or 애인이라 일컬어지는 모든 이성)
: 남자가 알고 있는 모든 이성들 중 현재 순서상 결혼 할 확률이 가장 높은 者.

바람 : 여친이 있는 남성이 어떠한 방식으로든 다른 이성에게 사랑하니 사귀자는 의사 표시를 하는 행위.

를 구해 오게 되었고 여자는 집안에서 살림을 하며 살아가는 철저한 영역구분이 생기기 시작했습니다.

이러한 상황들로 인해 자연스레 남녀의 주종관계가 성립됩니다. 남자는 항상 여성의 우위에 존재하게 되고 시간이 흐르고 쌓이고 모아져 마치 굳은살이 박히듯 남자는 여자에 대한 존재가치를 항상 자신보다 아래로 여기게 되었죠. (남자는 하늘, 여자는 땅! 땅! 땅!) 이러한 개념이 머릿속에 1+1=2라는 절대불문의 진리만큼 깊숙이 박힌 거죠. 그러다 보니 자연스레 일부다처제 같은 (남녀평등을 외치는 여성인권위원회에서 길길이 날뛸) 불공정 제도가 존재할 수 있었던 겁니다. 그렇게 뼛속 깊이 이어져 온 절대적 우위는 여성들의 부단한 평등노력에 의해 겉으로는 사라졌다 여길지 모르지만 사실은 한번 맛본 꿀의 달콤함을 포기할 수 없는 곰처럼 현재의 남자들 또한 그 본능을 접지 못하고 시대에 맞춰 변화시킨 것 뿐입니다. 쉬운 얘기로 "어차피 결혼은 한 여자와 밖에 못하니 결혼하기 전에 실컷 만나자!" 이거죠.

물론 그 안에는 남자들 나름의 타당한 이유가 있답니다. 일부다처제에서야 성격이 맞는 여자, 외모가 예쁜 여자, 요리 잘하는 여자 등등 능력만 된다면 마음껏 원하는 여자를 아내로 삼을 수 있었다지만 현재는 그럴 수 없으니 최대한 자신과 맞는 천생연분을 찾기 위한 나름의 고육지책(이건 아닌가?)인거죠. 그리고 일부다처제에도 첫째 부인, 둘째 부인... 그 순서가 있듯 현재의 남자들은 자신과 결혼할 가능성이 있는 여자들에 대해 여러 장단점을 비교분석해 순서를 정합니다.

한마디로 자신이 짓고 있는 미래 신축 아파트에 관심을 갖고 모델하우스를 찾아온 입주 청약자들 중 여러 조건들을 따져 1순위, 2순위 따위의 순위를 매기는 거죠. 참고로 그 순위를 정하는 데 있어 가장 큰 가산점이 부여되는 게 바로 청약통장 가입 존속 기간처럼 자신과 사귀어 온 기간이랍니다. 이러한 입장에서 볼 때 아린 님은 분명 남친에게 1순위 청약자, 자세한 상황을 몰라 섣불리 말하긴 그렇지만 좀 더 나아갔다면(?) 당첨자였을 수도 있겠죠.

남친이 처음에는 아니라고 발뺌하며 헤어지길 거부한 건 그간 1순위 당첨자가 원하던 옵션요구사항에 맞춘 인테리어에 들인 시간적(연애기간), 물적(요건, 뭐 명품백, 귀금속 등등) 손실이 아까워서라고 할까요.

하지만 제 아무리 손실이 아까워도 끝까지 맘을 돌리지 않는 청약자를 언제고 붙들고 있을 순 없는 법, 성의를 보였는데도 상대가 이해해 주거나 용서해 주지 않는다면 씁쓸하지만 포기하고 자연스레 2순위에게로 시선을 돌립니다.

"누군가 말했지, 이별의 아픔을 잊는 최고의 방법은 새로운 사랑을 찾는 거라고..."라는 그럴싸한 핑계를 대며 말이죠.

뭐, 남자의 입장에선 부도(간혹, 지독한 이별의 아픔에 식음을 전폐하고 일도 때려치우는 경우도 있으니까요.)를 막기 위한 유비무환의 자세로 볼 수 있겠죠.

말 나온 김에 여기서 한 가지 충고를 덧붙이자면, 혹시 연애 기간을 무사히 넘기고 결혼을 약속했다 하더라도 아직 안심하면 안됩니다. 일주일을 코앞에 두고도 건설업체가 부도가 나 입주를 할 수 없는 것처럼 언제든 생각지 못한 변수가 이별을 맛보게 할 수도 있으니까요.
(제 주변의 한 친구는 결혼식을 몇 달 앞두고 때 이른 총각파티를 위해 나이트클럽을 갔다 부킹한 어자링의 원나잇으로 뜻하지 않은 아기가 생겨 파혼했거든요.) 그러니, 혼인신고서에 도장을 찍지 않는 이상 100% 확신은 마세요.

오로지 한사람의 남자가 된다는 사실은 남자에게 기분 좋은 일이기도 하지만 한편으론 족쇄가 채워진단 생각에 마지막 자유의 불꽃이 타오르기도 하니까요.

이쯤에서 질문에 대한 요점정리에 들어가자면...

우선, 남친에게 있어 클럽녀는 뒤늦게 모델하우스를 찾은 2순위 청약잡니다.

단, 아직 남친이 계약서를 내밀지 않은, 다시 말해, 사귀자고 말한 적 없다는 거죠.

그러나 입주일 이전에 1순위인 아린 님이 청약을 철회하면 얼른 계약서를 내밀 수 있도록 바로 곁에 줄을 세워 둔거죠.

이런 점에 비추어 볼 때, 아린 님의 질문에 "예스!"라고 하고 싶네요. 단, "한 여자를 사랑하면서도 또 다른 여자를 사랑할 수 있습니다."가 아닌, "한 여자를 사랑하면서도 또 다른 여자를 만날 수 있습니다."가 맞지 않을까 싶네요.

위로가 될지 모르겠지만 그나마 다행히도 아무리 나쁜 남자, 헤픈 남자라 해도 결코, 사랑이라는 감정에 있어서 만큼은 동시 상영이 힘들거든요.

어떻게, 답변이 됐나 모르겠네요?
참, 항상 다른 친구들에게도 마지막에 하는 얘긴데, 아플 거 알고 힘들 거 알지만 다 부질없는 짓이니 얼른 접고 아린 님도 새로이 기댈 어깨를 찾으세요. 그게 상대에게 복수하는 가장 좋은 방법입니다.

날도 따뜻해지는 봄인데...

제 발!
.

.

.

P.S.

말 그대로 답장에 대한 추신입니다.
메일 보내고 나니 문득 덧붙여 이야기 해주고 싶은 게 생겼어요.
(은근 제가 재미 붙은 건지 옆에선 한창 일 얘기들 중인데 전 지금 번개 같은 속도로 스마트폰 자판을 두드리고 있답니다. ㅋㅋㅋ)
혹시 답장을 읽으셨나요?
보낸 지 얼마 안됐는데 설마...

다른 게 아니라,
내용을 떠올리다 보니 아린 님이 알아야 할 중요한 한 가지를 빼먹었더라고요.

제가 보낸 답변만을 놓고 보면,
여자들의 입장에선 당장 돌팔매질을 해도 속이 풀리지 않겠지만,
솔직히, 연애에 있어서 수치상의 비율 차이는 있어도 어느 한쪽만의 일방적인
잘못은 없는 법.

모든 여자들은 말하죠.
"딴 여자 쳐다도 안 볼게"

"365일 내가 더 많이 사랑할게"
"내 목숨보다 소중히 여길게." 라고 해 놓고,
"왜 약속을 지키지 않는 거야?"
"언제는 나 밖에 없다더니... 어쩜 그럴 수 있니?"
"어떻게 사랑이 변하니?"
"나쁜 놈!!!" 이라고...

하지만, 지금 그렇게 노발대발하는 자신을 한번 보세요.
맨 얼굴에 감지 않은 머리를 감추려 푹 눌러 쓴 모자에 무릎 튀어나온 추리닝을
입고 당당히 남친 앞에 서 있지는 않은지...

혹시, 지금 속으로
—뭐야?
"넌 쌩얼이 예뻐!"
"괜찮아 잠깐 보러 온 거니까 편한 복장으로 나와!"
라고 할 땐 언제고...
라며 항변하신다면 아린 님은 순진하신 겁니다.
콩깍지 씐 상황에서 뭔들 안 예쁘겠어요. 뭔 말인들 못하겠어요.
(그렇다고 그 말이 모조리 거짓이란 건 아니에요. 심리학적으로 연애초기에는 실제로 그
리 보인다고 하니까요.)

아린 님 기억하세요!
"딴 여자 쳐다도 안 볼게"
"365일 내가 더 많이 사랑할게"
"내 목숨보다 소중히 여길게...
단, 지금처럼 예쁘게 화장하고 멋지게 차려입은 이 순간의 너 일
때만!"
이라는 속뜻이 있다는 사실을!

다음날, 아린의 두. 번. 째. 편. 지

돈키훈테님의 메일을 받고 한참 동안을 멍하니 있었어요.

'내가 괜한 짓을 한거 아닌가?' 후회를 했네요.
누가 말해주지 않아도 어렴풋이 알 것 같았지만 피하고 싶었던 진실...
너무나 솔직한 답변이라서요.

그래도 너무나도 친절한 답변 감사합니다.

그런데 혹시... 돈테 님!!!
지금 저희 옆집에 살고 계신가요?
아니면 어딘가에서 저를 지켜보고 계신건가요?

그렇게 의심을 하지 않을 수 없어서 그래요.
왜.냐.구.요?
지금 절 보고 계시니까요...

이번에 보내주신 메일을 읽으며 뜨끔했어요.
특히 순서상 '추신' 메일을 먼저 클릭한 저는 말 그대로 허걱!

평소 컴퓨터 앞에 앉아있는 제 모습을 보지 않았다면
급히 '추신' 이라는 제목으로 이런 메일을 쓸 수 없었을 테니까요.
(지금 메일을 쓰면서도 자꾸 주위를 둘러보게 돼요...)

중력의 힘을 못 견뎌서인지 아래로 쭉 늘어진 티셔츠의 목선과
그 안에서 이제는 형체를 알 수 없게 된 미키마우스. (남아있는 게 겨우 귀 두 쪽!)

그리고 올백으로 넘겨 묶은 머리와 쌩얼, 눈 밑에는 다크써클까지.
이 상태에서 남자친구가 '보고 싶어서 왔어. 나와' 라고 전화를 한다면 이 모습을 수습하고 나가기보다 '이런 내 모습도 남자친구는 사랑해주겠지' 라고 당연히(?) 생각하고 그대로 집 앞으로 칠렐레 팔렐레 뛰쳐나가는 내 모습이 모니터에 어렴풋이 비치네요.

모니터로 슬쩍 보이는 제 모습을 보니 남자친구에게 미끼를 주고 싶은 의욕을 나 스스로 상실시키지 않았나 하는 자기반성. 뎅~
그리고 쓸쓸...
다크써클까진 좀 심했나요?
안경이라도 쓰고 나갔어야 했나?

그.래.도.
결국 남자는 '현재연인' 이라는 한 사람이 월세 꼬박꼬박 내며 살고 있는데 그 마음의 방을 몰래 나누어 또 다른 한사람에게 월세를 주는 게 가능한 존재인거네요.

남자들은 마음의 방을 몇 개까지 나눌 수 있는 건지. 나쁘다. 방을 나누지 않는 남자... 어딘가에 있겠죠? (이렇게라도 생각하지 않으면 너무 슬플 것 같아요.)

만약 제가 돈테 님을 ('돈키훈테 님' 보다는 '돈테 님' 괜찮죠?^^) 조금 일찍 알았더라면 남자친구를 조금 이해할 수 있었을까요? 그래서 이별하지 않을 수 있었을까요?

진짜로 남자친구였던 그 사람이 나를 1순위 청약통장 정도로 생각했을까요? 제가 1순위 청약통장이었다니... 지금쯤 제 남자친구였던 그 남자는 두 번째 가입예정이었던 여자를 1순위로 계약하고 시작하겠네요. 이렇게 생각하니 더 비참하네.

근데 청약통장도 가입한 시간만큼 순위가 올라가고 그에 상응하는 권리가 주어지는데…

여자와 남자들은 오래 연애할수록 여자가 누리는 권리는 더 줄어드는 것 같아요.

연애를 처음 시작할 때 남자들은 하늘에 있는 별이랑 달은 죄다 따다 줄 것처럼 하다가 시간이 지날수록 관심이 없어지잖아요.

제 남자친구에게 '바람' 이란 말을 먼저 꺼내고 이별통보를 한건 어쩌면 제 입장만 생각하고 내린 섣부른 결정이었을지 모르지만, 그 '바람' 을 들키기 전에 그 남자가 예전 같지 않고 마음이 변했다는 걸 스스로 느끼고 있었다면요?

그래서 단번에 내린 결정이 아니라면요?

예전만큼 '사랑한다' 는 얘기도 안 해주고
피곤하다며 전화도 하는 둥 마는 둥 끊어버리고
연애초기엔 데이트 코스도 인터넷 검색해서 다 알아오고 짜오고 했던
사람이 '영화나 보지 뭐' 라고 해버리고…
제 앞에 앉아 하품을 하는 횟수가 눈에 띄게 늘어나고
남자는 '일' 이 우선이라며 저를 만나는 횟수보다
회사 사람들을 만나는 횟수가 점점 많아지고…

이렇게 그 남자가 변해가는 징후를 제가 조금씩 느꼈다면요?

친절한 답변을 해주신 돈테 님께는 조금 죄송하지만
남자가 다른 여자를 사랑할 수 있다는 그건 단순히 청약통장 계약과 순위의 문제만은 아닌 것 같아요.

이렇게 이야기를 하다보니 갑자기 떠오르는 게 있는데요.

여자들이 믿는 연애의 정의 중에 제일 기분 나쁘고 제일 가슴 아픈 정의가 있어요.

'남자는 잡은 물고기에는 미끼를 주지 않는다.'

연애를 하게 되면 이별을 예감하게 되는 순간에 떠올리는 이 문장.

사실인 거죠? 저도 느끼고 있었으니...
만약 사실이 아니라면 그냥 배신당한 여자들이 만든 악의적인 문장일까요?
그런데 왜 연애를 시작하고 시간이 지날수록 이 정의가 서서히 맞아 들어가는 걸까요?

한 번의 예외도 없이.

도대체!
잡은 물고기면 예쁜 어항에 잘 넣어두고 바다를 그리워하지 않게 보듬어 주고 제 때 밥 주고 물도 갈아주고 그래야지! 왜 있는 어항 물고기한텐 밥도 안 주고 다른 어항을 찾아나서는 건가요?

왜?
.
.
.

여자들이 믿는 연애의 정의 중에
제일 기분 나쁘고 제일 가슴 아픈 정의가 있어요..

CHAPTER 3

남자는 잡은 물고기에게 미끼를 주지 않는다

haco.
no. 17
Autumn 2008

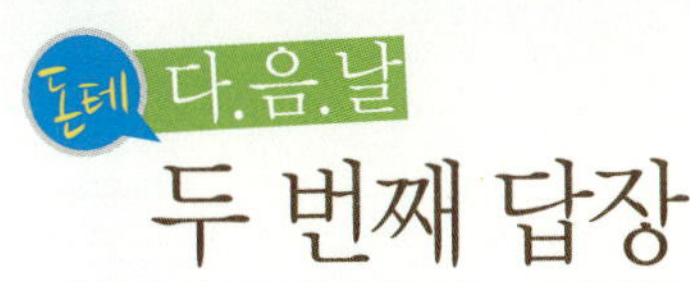

두 번째 답장

'남자는 잡은 물고기에는 미끼를 주지 않는다.'

YES or NO?
제가 아는 한 답은...

NO에 가깝답니다.
'남자는 잡은 물고기에 미끼를 주지 않는 게 아니라, 계속해서 같은 미끼만 준다.' 가 맞을 듯하네요. 그것도 주구장창 아주 질리도록...

저도 남자지만 수컷들의 연애 공식 중 내가 봐도 가장 큰 착각 중 하나!
"내 여자는 내가 제일 잘 알아!"

사실, 저도 처음엔 그랬습니다.
하지만, 고진 연애 풍파의 경험과 직업상 여자들과 대하 할 일이 잦다는 다행스런(?)이유로 인해 그나마 착각이란 걸 알 수 있었습니다. 그렇다면 왜 우리 남자들이 이런 확신에 찬 망상을 가지고 있느냐?

어디 한번 풀어 헤쳐 봅시다!

여기 한 남자가 새로운 물고기를 찾기 위해 수족관 매장을 찾습니다.
호기심어린 눈길로 이리저리 헤엄치고 다니는 형형색색 다양한 물고기들 가운데 자신의 눈과 맘에 쏙 들어오는 녀석을 고르죠. 참고로, 여기서 남자들의 연애 성격이 살포시 드러납니다. 자신의 주관이 확실한 남자는 스스로 고르지만, 그렇지 못하는 남자는 종업원에게 조언을 구하는 거죠.

"저기 이 물고기 어때요?"
"네, 고객님. 이 물고기는 아마존 일대에 서식하는 열대어인데 어쩌구 저쩌구…"

여기서 조언이란 다름 아닌 주변 친구들에게 물어보는 겁니다.

"야, 야, 저 여자 어때? 살짝 대화해 봤는데 성격도 좋아 보이고 얼굴도 저 정도면 괜찮은 것 같은데…?" 라고 말이죠.

여하튼 그렇게 해서 물고기를 구입하듯 여친이 생기면 남자는 새로운 여친에 대한 다양한 분석에 착수합니다.

"무슨 음식 좋아해요?"
"좋아하는 영화 장르가 뭐예요?"
"놀이 공원이 좋아요? 미술관이 좋아요?" 등등…

이런 물음에 대해 대다수 여자들은 두루뭉술하게 답합니다.

"특별히 싫어하는 거 없어요, 그냥 다 좋아해요."
"글쎄요, 그때그때 기분에 따라 틀린데…"
"둘 다 좋아해요."

뭉게구름처럼 두루뭉술한 여자의 답에 남자는 매우 바빠집니다.
맛집 정보 블로그를 뒤져 맛깔난 한식집도 데려가고, 달인에 나온 초밥왕이 운영하는 일식집도 예약해 자리를 만들고, 때로는 허름한 시장 구석 국밥집을 이끌고도 가보며 이래저래 여자의 만족 반응도를 살핍니다. 많은 시간과 금전적 투자를 해가며 말이죠.

그래도 남자는 절대 귀찮거나 힘들지 않습니다. 요 귀엽고 깜찍한 녀석이 일상에 지쳐 귀가한 남자를 향해 화려한 꼬리를 흔들며 반갑게 맞아 주거든요. 그런 사랑스런 활력소를 위해 자신의 한 달 치 용돈을 투자해 녀석이 좋아하는 고가의 먹이를 사다 준다거나 인터넷을 뒤져 주의 사항을 꼼꼼히 챙기는 건 누구 말마따나 "일도 아니죠~"

물론, 지극정성을 전해 느낀 여자 또한 하늘의 별이라도 따다 줄 듯한 헌신적인 머슴의 사기진작을 위해 한껏 애교를 떨어 기운을 북돋아 주며 서로 주거니 받거니 애정을 나누죠.

여하튼 그런 다양한 시도들을 통해 알아낸 최종 결과에 남자는 확신이라는 도장을 찍습니다.
"내 여친은 순두부찌개를 좋아해, 멜로 영화를 좋아해, 미술관을 좋아해, 화가 났을 땐 명품백 하나면 해결 돼!"
그렇게 만들어진 절대불변의 법칙은 남자의 뇌 속 깊숙이 박혀 이후로의 연애史에 지대한 영향을 끼칩니다. 물고기로 비유하자면 여러 시행착오를 거친 철저한 식단표와 관리계획이 짜여진 거죠.

어떻게 하면 여친이 즐거워하는지...
싫어하는 게 무엇인지...
좋아하는 건 뭔지...
이 세상에 자신 만큼 많이 그리고 정확히 아는 사람은 없다는 확신이 남자의 마음 한가득 차오릅니다. (때론 그 확신의 도가 지나쳐 여친의 가족들보다 자신이 더 잘 안다며 이별 통보를 한 여친의 배후에 가족들의 이간질이 있다고 여긴 남자들이 종종 행패를 부리는 광경이 9시 뉴스에 나오는 것도 그러한 이유가 아닐까 싶네요.)

그 확신은 곧 자신감이 되고 이에 남자들의 호언장담이 이어지죠.

"하루에 한번은 웃게 해줄게." (넌, 코에 휴지만 끼워도 웃으니까 식은 죽 먹기지.)

"니 눈에서 눈물날 일은 없을거야." (잘못하면 명품백 사주면 되니까!)

"그 누구보다 행복하게 해줄게." (너에 대해 나만큼 잘 아는 남자는 없으니까...)

이런 남자의 자신감은 결국 여자들이 걸어두었던 이중 삼중 마음의 문을 열게 만들죠.

열린 문으로 들어선 남자는 집주인이라도 된 양 주도적으로 여자를 이끕니다.

물론, 여자도 처음엔 그런 남자다움에 매력을 느껴 순순히 따르는 건 두 말 할 것 없구요. 하지만, 의사가 무시된 일방적 행동은 때는 다르나 언제고 문제를 낳기 마련입니다.

"이번 주 토요일날 시간 빼놔. 니가 좋아하는 '어셔' 공연 표 구해놨어."

"뭐야, 토요일날 친구들 모임 있다고 말했잖아!"

"그깟, 모임 한번 빠지면 어때..."

"무슨 소리야, 결혼하는 친구 때문에 모이는 건데 어떻게 빠져!"

"야, 이 표 구하느라 얼마나 고생했는데 잔말 말고 무조건 가!"

"싫어!"

"뭐!? 그럼 표는 어쩌라구!"

"몰라, 그러게 누가 말도 안하고 혼자서 결정하래?"

"어디 나 좋자고 한 거야, 니가 워낙 좋아한 가수니까 당연히 갈 줄 알고 준비한거지!"

겉으론 큰소리 쳐도 예상을 벗어난 여친의 행동은 남자를 급 당황하게 만듭니다.

전혀 자신의 최종 보고서에 없던 상황이거든요. 잘 먹고 잘 자라던 물고기가 어쩐 일인지 먹이를 먹지 않는 상황처럼 말이죠. 물론, 처음엔 놀라 이것저것 원인을 찾으려 노력합니다.

"배탈이 났나? 스트레스를 받았나? 어항 청소를 해줘야 하나?"

그렇게 일까지 팽개쳐 가며 문제 해결에 나서던 남자는 문득 스스로에게 물음을 던집니다. "뭐야? 나 좋으려고 키우던 건데 저 놈 기분 맞추고 있잖아!"
돌연, 뇌주름이 일그러지며 슬슬 올라오는 짜증지수!
솟구치는 짜증지수와 귀찮음은 곧이어 작은 후회의 싹을 틔우기 시작합니다.
"앞으로 또 이러지 말란 법 없을 텐데... 괜히 키우기 시작했나?"

후회 어린 맘에 쐐기를 박듯 회사에 가서도 머릿속에 온종일 놈의 요구가 빗발칩니다.
"왜 맨날 이것만 줘, 이제 질렸단 말야, 다른 것 좀 줘!"
"물 뿌연 거 안 보여? 물갈이 해줘야 될 거 아냐!"
"이끼 꼈잖아, 어항청소 안 해줄 거야!"
"밥 줄 시간인데 안 들어오고 어디서 뭘 하는 거야!"

결국,
"그만! 그만! 이제 우리 그만하자!"
"무슨 소리야? 그만이라니? 언제는 평생 떠받들고 산다며!"
"미안하다, 다 내가 부족해서 그래. 그러니 나보다 너 더 잘 챙겨주는 좋은 사람 만나서 행복해!"

서서히 쌓여 간 후회는 결국, 포기라는 극단적 선택을 토해 내죠.
어항 속 물고기를 굶겨 죽이는 상황처럼 말이죠.
물론, 양심상 물 위에 둥둥 떠 있는 물고기를 건져내는 그 순간만은 그간의 정든 추억에 슬퍼한답니다.

하지만 그 슬픔은 어항 속 벗겨 낸 물때와 함께 이내 흘러 사라지고 깨끗한 어항을 바라보는 남자의 마음은 왠지 모를 해방감이 느껴집니다. 그리고 해방의 기쁨을 누리고자 얼른 핸드폰을 집어 들죠.

"친구야, 나와라. 오늘 간만에 한잔 빨자!"

그 날을 시작으로 남자의 자유는 한동안 이어집니다. 적어도 다시금 외로움과
울적함이 찾아오기 전까지는 말이죠. 뭐, 이후 상황은 예상하시는 대롭니다.
외로움이 극에 치달은 남자는 옷을 챙겨 입고 수족관으로 향하는 거죠.
"어머, 또 오셨네요. 이번엔 어떤 종류로 사시게요?"
"열대어는 키워 봤으니까 토종 물고기가 어떨까 싶네요..."
이상 남자의 속사정이었습니다.

답이 됐나요?
제가 오늘 일이 좀 있어 약속 시간에 쫓기다 보니 허겁지겁이네요. ^^
그럼, 즐거운 하루 아니, 반나절 보내세요~!

요즘 세상에도 돈, 배경 이런 백그라운드는 화려하지 않아도
'사랑에 용기라는 큰 재산을 보여주는 남자가
더 믿음직해 보인답니다.'

CHAPTER 4

열 번 찍어
안 넘어가는
나무 없다!

AM 2:00 P.S. II

오늘 따라 제 손이 바쁘네요. ^^
갑자기 궁금한 게 하나 생겨서요.
저도 질문 하나 하고 싶은데 괜찮으시죠?
아린 님 질문을 떠올리다 보니 저 뿐만 아니라 모든 남자들이 궁금해 하는 한
가지가 떠올랐어요.

남자들에게 있어 가장 흔하게 오르내리는 말 중에,
"열 번 찍어 안 넘어가는 나무 없다!"
"골키퍼 있다고 골 안 들어 가냐?"
는 말들이 있는데 이러한 상황에 대해 솔직히 여자들은 어떤 생각을 가지고 있
는지 궁금해졌어요. 정말 남자들이 포기하지 않고 적극적인 대시를 하면 언젠
가는 넘어오는 건지?
그리고 멀쩡한 남친을 옆에 두고 새로운 남자에게 눈길을 돌리는 여자의 이유
는 뭔지?

추가로 현재의 남친으로서 행여 그런 여자의 흔들림을 사전에 눈치 챌 수 있는
방법이나 여자들만의 특이행동이 있다면 보충설명 부탁드려요.

여자들은 좀 억울하네요.
여자들은 예뻐 보이려면 꾸밀게 너무 많아요!
부지런하지 않으면 사랑받지 못하는 이 현실이 야속하기도 하네요.
예쁘지 않으면 괴로운 이 현실이여~ 아~!
'남자들은 잡은 물고기에게 질릴 때까지 같은 미끼만 준다.' 세상에 이렇게 물고기의 취향을 무시하는 경우가!

남자들이 자기 여자를 다 안다고 착각하고 그 정답 안에서만 챙겨주니까
결국 여자들은 시간이 지나면 '챙겨주지 않는다', '연애 텐션이 느슨해졌다'
라고 느끼게 되는 거네요.

남자들이 조금만, 아주 조금만,
변화무쌍한 여자늘을 이해해 수면 좋으련만...
여자들은 하루에도 백만 번씩 바뀌거든요.
백만 번의 미끼를 다 챙길 수는 없겠지만...

돈테 님은 그래도 여자친구의 취향을 많이 챙겨주는 분인 것 같네요.
여자친구분이 '어셔'를 좋아했나 봐요. 저도 '어셔' 좋아하는데...^^

돈테 님의 답 메일을 읽으면서 '남자라는 사람들'에 대해 조금 더 자세히
알아봐야겠단 생각이 들었어요.

지금 제 머릿속엔 질문 리스트들이 주르륵!
저를 비롯한 제 주변의 여인네들이 남자들을 좀 궁금해 하거든요.
그리고 이제 저도 여자란 존재에 대해 알려 드릴게요.
오는 게 있으면 가는 게 있는 게 인지상정!

그런데 막상 돈테 님의 질문을 받고 나니 어떻게 답해야 할지 고민이 되
네요. 조금 더 고민해보고 알려 드릴게요. 저도 돈테 님 만큼이나 잔인하고
위험한 진실을 알려 드릴 준비를 좀 해야겠어요.

여자란 롤러코스터 탈 준비 되셨나요?
그렇다면 let's go!

기다리는 마음...

아니, 얼마나 혹독한 채찍질을 가하시려고 시간을 두어 고민까지...
괜스레 덜컥 겁이 나는데요. 저도 청심환 미리 준비하고 있어야 될까 봐요.
(저 비위가 약해서 한약 이런 거 잘 못 먹는데...)

불현듯 제 냉혹한 답장을 기다릴 때의 아린 님의 심정도 이렇지 않았을까 싶
네요.
은근한 기대감과 불안감이 공존하는 이 알쏭달쏭한 기분은 뭔지...
그래도 기대되는 건 어쩔 수 없는 본능이겠죠? ^^
만반의 준비를 하고 대기하고 있겠습니다!

(아참, 참고로 저 '어셔' 무진장 싫어합니다. 그날 이후로... 여자들의 직감에 새삼 놀라
게 되네요. 그냥 지나칠 수도 있는 문장을 어찌 유추하시어 이리 지나간 과거를 콕 꼬집
어 내시어 과거사로 머리에 스팀이 오르게 하시는지...)

3일후, 의 네. 번. 째. 편. 지

제가 답장이 좀 늦었죠?
일도 있었고 또 무엇보다 '돈테' 님이 저에게 던진 첫 번째 질문이기도 해서
꼼꼼히 생각해 보고 답변을 해 드려야겠단 생각 때문에 조금 늦었어요.

어떻게 '돈테' 님도 마음의 준비는 단단히 하신거죠?

우선 앞으로 제 답변 속 '여자' 는 긴 생머리를 휘날리며 하늘하늘한 원피스
를 입고 수줍은 웃음을 얼굴에 가득 담은, 남자들의 환상 속에 사는 사람이
아니라 현실 속에 사는 '여자' 라는 걸 먼저 기본으로 알고 계셔야 제 이야기
들이 이해가 될 거예요.

남자들은 가만 보면 자신이 만들어 놓은 '러브 랜드' 속에 여자를 가두어 두
려는 몹쓸 생각을 가지고 있단 말이죠.
그건 떼끼! 노노노노... 안됩니다!

그럼 슬슬 시작을 해볼까요?

남자들이 믿는 연애 공식 첫 번째!
'열 번 찍어 안 넘어가는 나무는 없다'

이 공식엔 이렇게 얘기해 드리고 싶네요.
'열 번 아니 그 이상 찍는 도끼엔 대부분의 나무가 넘
어 간다. 속.는.셈.치.고.라.도.'

여자들 중 용기 있는 남자에게 매력을 느끼지 않는 여자는 없다고 생각
해요. 그 용기가 스토커 수준이라면 예외지만요.

지금 혹시 마음에 드는 여자가 있다면 용기 있게 고백하고 적극적으로 대시하면 성공률은 80% 이상이니까 고백하세요!

그런데 요즘 2011년을 살고 있는 대한민국 남성들은 점점 '용기'를 잃어가는 것 같아요. 좋아하는 사람이 있어도 멋있게 한발 다가서기 보다 몇 번 눈치를 주고 그것도 찔끔찔끔. 혹시라도 여자쪽에서 리액션이 없으면 금방 포기해 버리는 소심한 남자들이 많아요.

소심한 남자. 여자들이 싫어하는 남자 베스트 3위안에 들어요.
눈치를 주고 여자의 리액션이 오기를 기다린다면 눈치라도 확실하게 주던가.
**이건 추리소설도 아니고 애매모호하기가
'다빈치코드' 수준이라니까요.**

요즘 세상에도 돈, 배경 이런 백그라운드는 화려하지 않아도
사랑에 용기라는 큰 재산을 보여주는 남자가 더 믿음직해 보인답니다.

단! 여기서 조금 잔인하게 얘기를 하자면…
20대 후반에서 30대를 넘어가면 여자들이 현실에 눈을 뜨게 되는데요.
이땐 용기만으로 잘 먹히지 않는 경우두 있으니까 살짝 유의하시고요.

그런데 용기 있게 고백할 시 주의할 점은 절대로 무식하게 들이대지 말 것!
앞뒤 사정도 안 보고 들이대는 건 용기가 아니라 무모한 도전이 된다는 걸 명심하세요.

**그리고 남자들의 연애공식 두 번째!
'골키퍼 있다고 골 안 들어가냐!'**
이 공식도 한 65%는 먹힌다고 보시면 돼요.
단, 현재 골문을 지키고 있는 골키퍼 보다 골문 앞에서 골을 차려고 준비하고 있는 선수가 더 매력적일 경우죠.

현 남자친구보다 새로 도전하는 남자가 거부할 수 없는 매력을 가진 사람이라면 그 골은 아슬아슬하게 골키퍼의 손끝을 지나쳐 골인하게 된답니다.

사랑하는 옆의 남자보다 새로운 남자의 매력이 더 혹~ 하게 다가올 때가 있거든요. 여자가 '신상'에 약한 건 아시잖아요.^^ 남자처럼 여자도 매력엔 약하다고요.

여자라고 '지조'를 지켜야 된다는 옛날 옛적 전래동화에나 나올 법한 이야기를 믿고 계시진 않겠죠?

그리고 연애를 오래한 연인의 경우에는 더 확률이 높아집니다. 연애에도 '권태기'라는 기간이 오잖아요. 이때 매력적인 슈터가 나를 보고 방긋 웃으며 골 세리머니를 할 준비를 하고 있는데 어느 여자가 골문을 열어주지 않을까요?

그런데 이 법칙엔 슈터가 매력적이어야 해요. 남친보다 조금만 모자라면 골키퍼가 막으려 하지 않아도 골문이 알아서 골을 피할 수도 있습니다.

그래서 전 이렇게 말씀 드리고 싶어요.
여자친구를 둔 남자들의 경우 그 골문을 지키고 싶으면 자신의 매력을 끊임없이 개발하고 가꿔라! 라고 말하고 싶네요.
여자들처럼 외모에 투자를 하라는 게 아니라 '개그감'을 연구 한다던가 뭔가 새로운 분야에 도전하는 모습을 보여 준다던가 하는 남성적인 매력을 연구하라는 거죠.
남자들은 뭐가 그렇게 당당한 건지 자기 옆에 있는 여자친구 외모, 몸매, 성격 타박은 하면서 자신에겐 무한 관대하잖아요. 돈테 님 스스로를 돌아봐도 그렇지 않나요?

지난 돈테 님이 어항 속 여자들에게 해준 말들을 저는 골문을 지키고 싶은 남친 골키퍼들에게 말하고 싶네요.

그리고 마지막으로 현재 여자친구가 흔들리는 징조라…
요건 요런 행동들이 많아지면 의심해보세요.

– 대화할 때 집중하지 않고 자꾸 딴 곳을 바라본다
– 데이트 약속 때 일이 많아진다
– 전화할 때 자꾸 피곤해하며 일찍 자려고 한다
– '우리 사이에 뭘…' 이라며 기념일을 더 이상 챙겨
　　주지 않아도 된다고 한다
– 갑자기 예뻐진다

이 정도면 어떻게 괜찮은 답변이었나요?

그런데 자신의 골문을 지키려고 당당히 노력하는 남자도 있지만 늘 언제나 사랑과 연애엔 끝이 존재하더군요. 저는 돈테 님께 이별에 대한 질문들만 하게 되는 것 같아요. 제 상황이 그럴 수밖에 없어서일까요?

돈테 님.
이별할 때 '우리 친한 오빠 동생으로 지내' 라는 말을 하는 남자의 마음은 뭔가요?
남자들의 이 말은 언제든 다시 돌아갈 수 있는 '보험'을 만들어 놓는 말인가요? 여자들도 가끔은 헤어질 때 '오빠 동생으로 지내' 라는 말을 하는 경우가 있는데요. 이건 진짜 친한 오빠로 지내고 싶어서인데… 남자들은 아닌 건가요?

여자들은 '사랑' 이 '사람' 으로 느껴지는 순간,
예전의 감정은 소중한 추억일 뿐이랍니다.
새로운 남자친구가 생기면 '친한 오빠' 가 된 옛 연인에게 연애상담을 하기
도 하니깐요.
그녀의 연애스타일을 잘 아니까 조언도 잘 해줄테고.

그런데 남자들은 아닌가요? 여지를 남겨두고 싶어서 그런 말을 하는 건가요?

알. 려. 주. 세. 요.

CHAPTER 5

'우리 친한 오빠 동생으로 지내'의 남자와 여자의 속마음

웬만한 강심장 아니고서는...
헤어진 연인사이에 편하게 지낸다는 거...
힘든 거잖아요.

감정의 찌꺼기들이 불쑥불쑥 삐져나올 텐데...

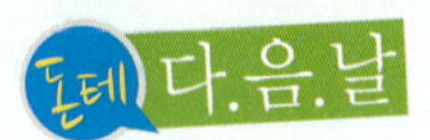

뒷골 잡고 쓰는 네 번째 답장!!!

헉!

어느 정도 충격을 준비하고 있었지만 예상치 이상의 충격파에 잠시 휘청대는 중입니다. 일상에 이리저리 치이며 살아가는 것도 힘든데 마음의 안식처라 여겼던 연애에서까지 언제 나타날지 모를 숯터에 대한 불안과 긴장감을 안고 살아가야 한다니...

문득, 솔로예찬자들의 자유로운 삶이 부러워지기까지 하네요.

물론 연애라는 게 나 혼자 즐기고 편하고자 하는 건 아니지만 골키퍼 된 입장에서 항상 골을 막을 수 있는 것도 아니고 때론 예측 실패(여친의 기분이나 여러 상황에 대해 잘못 이해했을 때)나 수비수의 실책(주변인들의 실수나 잘못)으로 인해 골을 먹을 수도 있는데...

그럴 때마다 여자들은 이해와 배려 속에서도 항시 교체선수 기용의 여지를 두고 있다는 게 너무나 비참하네요... 그나마 '열 번 아니 그 이상 찍는 도끼엔 대부분의 나무가 넘어간다. 속는 셈 치고라도' 란 말이 작은(?) 위로가 되네요.

가장 필요한 게 용기라...

그 용기라는 힘의 크기에 따라 큰 나무를 넘길지 작은 나무를 넘길지가 결정된다라니...

당장 스피치 학원이라도 끊어야 할 판이네요!

자, 이 끓어오르는 혈압을 고스란히 안고 아린 님께 그에 상응하는 충격파를 반사해 드리겠습니다

이별할 때 '우리 친한 오빠 동생으로 지내!' 라고 말하는 남자의 속마음...

이건 개인차가 좀 있지만 보편적으로 남자 쪽에서 이별의 동기를 제공했거나,

이별을 선포하려고 할 때 흔하게 쓰는 유행어입니다.

특히나 여친과 헤어지고 싶은데 마땅한 이유가 존재하지 않을 때는 거의 100%, 이 말을 내뱉죠. 물론, 그 앞엔
"아무래도 너랑 나는 성격적으로 잘 안 맞는 것 같아."
"내가 너에게 많이 부족한 것 같아."
등의 여자가 쉽사리 반박할 수 없는 애매모호한 핑계가 붙죠.
한마디로 서로를 아는 주변인들에게 자신 때문에 헤어졌다는 욕을 먹고 싶지 않은 자기 방어의 의미인 거죠.

그리고 막상 여자가 OK를 하더라도 남자는 돌아서서 서서히 연락을 줄여가며 얼마 안 가서 아예 연락을 끊거나 여자의 연락에 무신경하게 화답해 결국엔 여자가 불편함을 느끼고 자연스레 멀어지는 상황을 만들죠.
한마디로 이별을 통보하는 남자의 여러 멘트 중 하나라고 생각하시면 되요. 거기엔 결코 아린 님이 고민할 정도로 심오한 뜻이 담긴 건 아니에요.

뭐, 간혹 주변에서 특이한 케이스로 오빠 동생으로 지내다 다시금 연애를 시작하는 경우도 있긴 한데 그러한 경우는 얼마 못 가 다시금 이별을 하게 되는 경우가 많습니다. 좀 더 파고들어 얘기해 드리자면, 남자에게 있어 헤어졌던 연인과 재회하는 이유를 보면 대체로 두 가지 정도로 볼 수 있는데요.

그 하나는 동정심입니다.
서로 헤어졌지만 어떠한 이유에서든 직간접적으로 그녀의 소식을 듣게 되고 그 와중에 새로이 사귄 남친이 그녀를 힘들게 한다든지 집안에 힘든 일이 있다든지... 기타 좋지 않은 일들에 옛 여친이 힘들어 하고 있다는 이야길 들으면 왠지 자신과 헤어져서 힘들어 진 것 같은 죄책감이 밀려옵니다.

이에 그녀에게 다가가 위로하고 힘이 되어주다 보면 그녀 또한 어느새 남자의

어깨에 기대어 위로를 받고 있는 자신을 보게 됩니다. 순간 남자는 잊고 있던 그녀와의 추억들이 한순간 쏟아져 나와 다시 예전의 애틋했던 시간으로 돌아간 듯한 기분을 느끼죠.

그리고 다짐하죠.

"이렇게 착한 여자와 헤어졌었다니, 내가 미쳤지. 그래 다시 시작하는 거야!"

"○○아, 미안해, 그 동안 혼자 힘들게 해서... 앞으로는 내가 널 지켜줄게. 24시간 아니 평생 너만 바라보고 널 위해 살아가는 내가 될게. 우리 다시 시작하자!"

갈등하던 여자는 슈렉에 나온 장화신은 고양이 마냥 한없이 순수하고 해맑은 남자의 눈망울에 홀려 OK를 하지만 행복도 잠시... 시간이 지나면서 다시금 남자의 실망스런 모습들을 보게 되고 *찐찐찐*하다 결국엔 원수가 되어 헤어지게 되고 말죠.

그 이유는 다름 아닌 서두에서 말했듯 힘들어 하는 그녀를 보며 불끈 솟아오른 기사도 정신과 의무감에 모든 것을 다 이해하고 양보하며 지내리라 다짐했던 마음이 시간이 지나 여자가 기운을 차리고 일상으로 돌아오게 되면 남자의 눈에는 어린애처럼 한없이 가냘파 보호해 주고 싶던 그녀가 철근도 씹어먹을 정도로 튼튼한 여장부로 보이기 시작한다는 거죠. 그럼 당연히 기사로써의 의무감은 사라지고 예전처럼 동등한 입장에서 여친을 바라보고 대하게 되는 거죠.

그렇게 평등한 입장이 되면 다시 과거 연애 때처럼 다툼도 생기게 되고 그럴 때마다 남자는 "어렵고 힘들 때 기운을 준 게 누군데 은혜도 모르고..."라며 괘씸죄를 적용해 때로는 잘못된 일인 줄 알면서도 과오를 저지르며 여친을 힘들게 만든답니다.

이에 들끓어 오른 여친의 분노는 결국 이별선언으로 이어지죠.
"너 같은 인간을 두 번씩이나 믿은 내가 바보지! 기억에서 지우고 싶다 정말!!!"
하지만 '나쁜 놈, 나쁜 놈' 이를 갈면서도 자꾸 떠오르는 건 왜인지...
(제가 너무 정곡을 찔렀나요? ^^)

다음으로 구관이 명관이라는 편안함과 아쉬움에서 시작 되는 경우입니다.
새로운 여친을 만나면서도 자꾸 예전 여친과 비교하게 되고 새 여친과의 다툼
이 잦아질수록 옛 여친에 대한 그리움은 점점 커져만 가는 거죠. 그리고 그리움
이 쌓이고 쌓여 도저히 주체 못할 애틋함으로 넘치는 순간, 서서히 옛 여친에게
로 마음과 발길을 이어가는 거죠.

그 순서를 보면,
※ 본 상황은 99% 취중에 이루어질 가능성이 큼
① 그녀와 함께 했던 추억의 장소를 찾는다.
② 괜스레 전화해 아무 말 없이 끊는다.
③ 후회+반성+용서+그리움+기회의 의미가 담긴 구구절절 문자전송.
④ 그녀의 집 앞에서 서성인다.
⑤ 그녀를 만난다.
그리고 남자가 말하길,
"(무릎을 꿇으며) 너 밖에 없어, 니가 없는 세상은 살아갈 이유가 없다는 걸 이제
야 깨달았어. 많이 늦었다는 거 알아, 늦은 만큼 두 배로 사랑하고 두 배로 위하
며 살아갈게. ○○아, 한번만 더 기회를 줘, 정말 잘 할게."

이에 긍정의 의미로 두 손을 잡고 일으켜 세우는 여친을 보며 다시 한 번 외치죠.
"고마워, 이제 정말 잘할게. 믿어줘!"

하지만 그 콘크리트처럼 단단할 것 같은 의지는 진도 0.00007의 미세한 흔들
림에도 너무나 쉽게 허물어져 버리고 말죠. 이유인 즉, 나에 대해 너무나 잘 알
것 같은 옛 여친이 또 다시 실망스런 모습을 보일 때면 예전보다 두 배로 서운

하고 한편으로 역시나 자신과 잘 안 맞는 것 같은 생각이 드는 거죠. 한마디로
처음 만날 때 보다는 이해심이 반으로 줄어든다고나 할까? 이에 서로간의 작은
균열들이 틈을 만들고 서서히 벌어지게 돼 결국엔 다시는 재건 할 수 없는 상태
로 한순간에 와르르 쾅!!!
뒤늦게 추억은 추억으로 남겨두는 건데 괜히 시작해 마음에 상처만 남은 것 같
다며 회한의 깡소주를 들이키죠.
물론 모든 남자가 같은 생각들과 행동을 하는 건 아닙니다.
(저를 포함해서...^^) 개 중에는 진실로 여친의 중요성을 깨닫고 다시 만나 행복을
이어나가는 남자들도 많습니다. 그러니 아린 님, 괜한 편견으로 모든 남자들을
싸잡아 불량품으로 반품시킬 필요는 없어요.

일단은 맘이 가면 다시 한 번 믿어 보세요.
까짓것, 아니면 마는 거죠.
구더기 무섭다고 장 안 담글 순 없잖아요.
이상 답이었습니다...

이제, 제 질문임당~
가만히 답을 하다보니 자연스레 돋아나는 의문...
그럼 여자들이 말하는 "오빠 동생으로 지내자!"는 말은 뭔 뜻인가요?
불현듯 2000년대로 들어서던 어느 봄, 느닷없는 이별 통보를 받은 기억이 떠
오르네요!

"오빠, 아무리 생각해도 더 이상은 안 될 것 같아, 그냥 날 편한 동생으로 받아
줘... 미안해~"

아니, 손도 잡고 입도 맞추던 사이에서 별안간 여동생으로 봐달라니...
우리가 가족인가요?
아님, 여기가 키스 정도는 가벼운 인사인 아메리카라도 되는 건가요?
도대체 왜! 왜! 왜!

다음날 _아린_ 의 다. 섯. 번. 째. 편. 지

돈테 님 감사해요. 하지만 안할 거예요.

'마음이 가는대로 믿어라.'
한 번쯤 속아 넘어가고 싶기도 하지만…
이젠 하기 싫네요.

속아 넘어갔다가 다시 이별을 맞으면 너무 억울하니까
그게 두려워서 용기가 생기지 않고 그래서 '마음'이란 걸 꽁꽁 묶어두고 절
대로 그쪽으로 가지 못하게 할 거예요. 완전 쿨한 척 하면서, '쿨하지 못해
미안해' 라고 찌질하게 밝히는 것보단 나으니까.

돈테 님이 시원하게 얘기해 줘서 저에겐
'오빠 동생으로 지내자' 라는 말이 마지막 마침표가 된 것 같네요. 쾅쾅쾅!

속~ 후련하다! ^^

그리고 돈테 님이 이번 답장을 보고
'헤어진 연인이 다시 만나면 반드시 깨진다.'
'한 번 깨진 접시는 깨진 접시일 뿐이다.'
이 말이 연인 관계에 있어서는 소름 끼치도록 정확하다는 걸 확인했네요.

미련, 아련한 그.놈.의. 추.억. 때문에 돌아가는 건데…
결국 남자들은 그런 거였군요.

그래도 옛 연인이 다시 돌아올지도 모른다는 바보 같은 기대를 하는 쪽은
늘 여자일 거예요. 김동률의 '다시 사랑한다 말할까' 를 들으며 심장과 코끝
이 찡해지는 쪽은 여자니까요.

돈테 님이 1번부터 5번까지 요약 정리한 게 바로 김동률의 '취중진담' 이잖
아요. 이 노래 때문에 여자들은 바보같이 남자들의 취중전화는 모두 '진담'
이라고 생각하고 있어요.

이런 이유 때문에 김동률이 수많은 여인들의 사랑을 받고 있나봐요.
(음... 갑자기 노래가 확 땡기네요... 잠시만요.)

(역시 동률님의 목소리는 여자의 마음을 노곤노곤하게 만드는 마력이 있어요...
아차차!!!)

근데 정말... 한없이 순수한 눈망울을 가졌던 여자가 '튼튼한 여장부'로 보
이는 순간이 있는 건가요?

여자는 사랑하는 사람에게 영원히 예쁜 모습만 보이고 싶은데... 겉모습을
미친 듯 가꾸어도 유효기간이 지나면 다 소용 없는 건가요? 참 허무하네.
그렇다면 이건 말이 다르잖아요.
예쁘게 늘 긴장하고 살래 놓고선 오랜 시간 만났다고 예쁘게 꾸며도 튼튼한
여장부로 보는 건 반칙이잖아요!!!

그리고 돈테 님의 질문엔 제가 살짝 답을 드렸었는데...
뭐가 궁금해서 다시 물어 보신건가요?
제 메일을 잘 읽어 보고 있는 건 맞죠?

또 궁금하시다니까 다시 한번 말씀 드리면
예전 여자 친구가 그렇게 얘기한건... 정말 편한 오빠로 지내고 싶어서 그런
걸 거예요.

돈테 님이 남자친구를 떠나서 '인간적으로' 오래두고 보고 싶은 사람인
거죠.

그리고 한 가지 알아둘 건 사실 여자들은 헤어질 때 '친구로 지내자' 는 얘기
를 하지 않아요.
웬만한 강심장 아니고서는... 헤어진 연인사이에 편
하게 지낸다는 거... 힘든거잖아요.
감정의 찌꺼기들이 불쑥불쑥 삐져나올 텐데...

뭐 이 정도로 이별이야기는 차곡차곡 접어서 한켠에 밀어 두려고요.
그리고 앞으로 있을 새로운 만남을 위해 하나씩 알아볼까 해요.
앞으로도 솔직한 답변 부탁드립니다.

저 이게 정말 궁금해요.
여자들은 (물론 남자들도 그렇겠지만) '아 저 남자 나한테 관심이 좀 있는 거
같다' 라는 느낌이 올 때가 있거든요. 소위 눈치를 주는거죠. 남자쪽에서.
그 느낌이 귀신같이 맞아 떨어질 땐 그 남자와 시작하게 되는 거고
그 느낌이 애매모호하게 맴맴 맴돌 때면 여자들은 '착각의 늪' 에 빠져 허우
적대다 끝나버려요.

남자들의 신호 중에 어떤 것들이 나에게 호감이 있다
는 표시인가요?
그리고 그 신호 중에 오해하면 안 되는 행동들은 무
엇이 있을까요?

그러니까 "이건 그냥 매너일 뿐! 너를 좋아하는 건 아니지, 착각하지마!" 요
런 행동들…

좀 알려주세요.

돈테 님의 다음 답변을 읽고나서 제 주변을 찬찬히 살펴봐야겠어요.
저에게 레이더를 쏘고 있는 사람이 있을지도 모르잖아요.

부탁드립니다. 돈테 님!

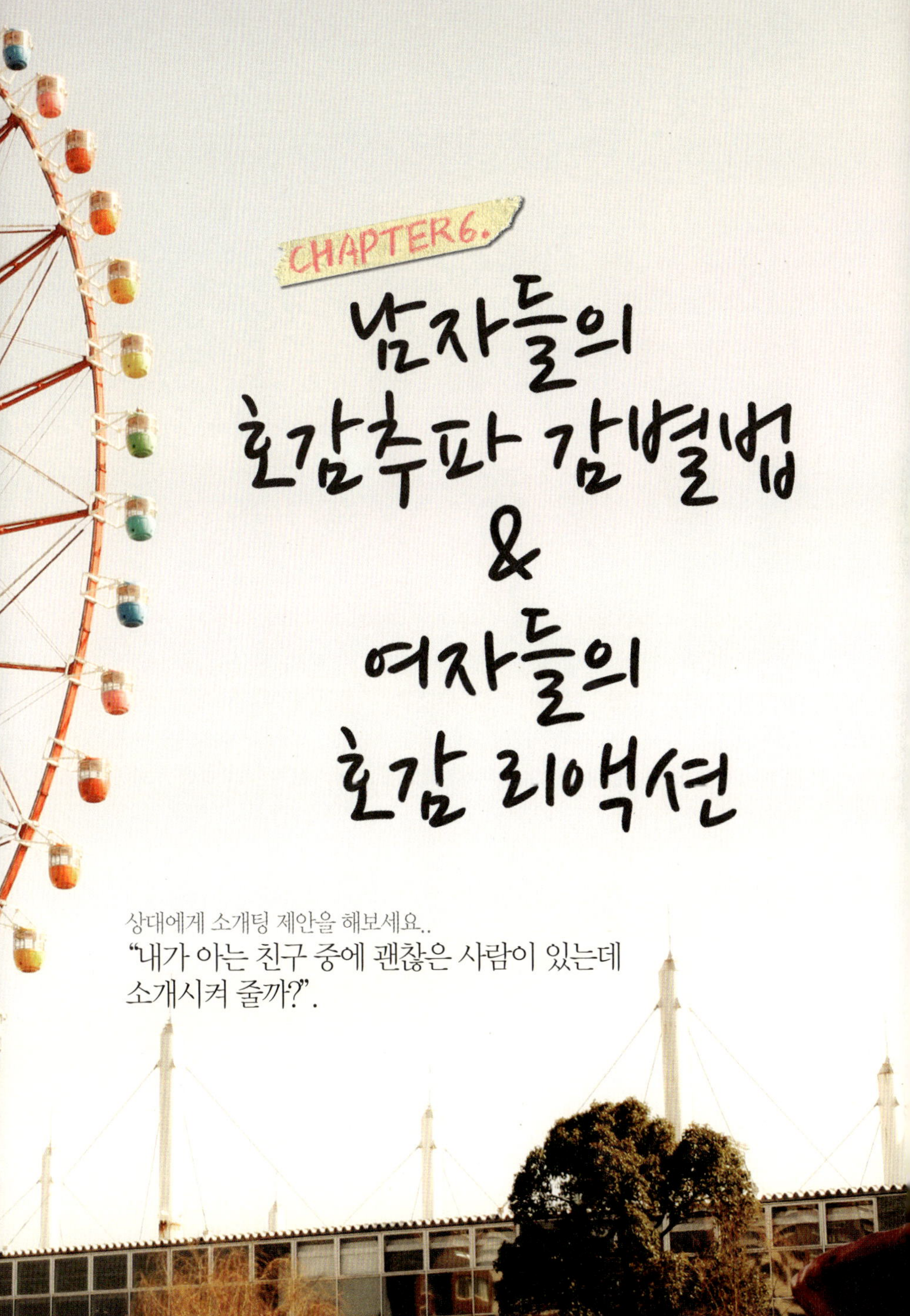

남자들의 호감추파 감별법 & 여자들의 호감 리액션

상대에게 소개팅 제안을 해보세요..
"내가 아는 친구 중에 괜찮은 사람이 있는데 소개시켜 줄까?".

다섯 번째 답...

일단 목 놓아 기다리셨을 텐데 답장이 늦어 죄송해요...
마무리해서 보낸 서류가 문제가 있어 수정해 다시 보내느라 정신이 없었어요.
혹시, 그 사이 목 빠지신 건 아니시죠?
아린 님의 답장을 읽다보니 갑자기 괜한 짓 하고 있는 게 아닌가 싶은 생각이
드네요... 막상 독하게 그래서 제발 여자들이 환상과 이상에서 깨어나길 바라는
마음에서 한자 한자 꼭꼭 짓이기고 눌러 쓰디 쓴 환약을 만들어 건넨 건데 약효
가 나기도 전에 독기에 아린 님이 죽을 수도 있겠다는 막연한 불안감이 엄습합
니다.

아린 님, 이건 어디까지나 보편적 이야기이니 단정 짓기보다는 적당한 선에서
골라서 삼키고 버릴 건 버리시길 간절히 바랄게요. 참고로, 전 아직 운명을 믿
고 영원한 사랑이 가능하다는 희망론자 거든요.^^ 돌연, 나비효과처럼 아린 님
께 전한 말이 돌고 돌아 허리케인이 되어 모든 여성들의 감성과 순수함을 싸그
리 쓸어가 버릴까 두렵네요. 그럼 전 히틀러나 무솔리니 보다 더한 악인이 되어
국제 사법 재판소에 끌려갈 수도 있으니 제발 살려주세요~

아참, 그리고 제가 질문을 드렸던 건 잠깐 이야기해 주신 것에 살을 붙여 좀 더
구체적으로 알려주시길 바라 물어 본거였어요. 한데, 그럴 일이 별로 없다니 다
행이네요.^^ (그래도 진심으로 친한 동생으로 지내자는 건 남자에게 있어 참으로 자존
심 상하는 일이란 걸 알아두셨으면 좋겠네요.)

자, 그럼 아린 님이 궁금해 하시는 질문에 대한 답변을 시작하도록 하겠습니다.
근데, 아린 님... 답변에 앞서 살짝 물어 보고 싶은 게 있는데 왠지 이번 질문이
아린 님의 현재 상황을 물어오시는 것 같은데... 혹시 맞나요?

다른 때보다 왠지 모를 절실함이 느껴져서요.

뭐, 대답을 강요하지는 않겠습니다.

(구체적으로 답해주시면 좀 더 심도 있게 아린 님 맞춤형으로다가 답해 드릴 수 있을 것 같아서요...)

여하튼, 본론으로 들어가서...

남자들이 보내는 호감 추파 감별법!

1. 소개팅에서 남자의 호감의사 표시

1) 일단 말이 많습니다.

분위기를 주도해야 매력 있는 남자라는 걸 알기에 침묵을 스스로 용서하지 않습니다. 평소 말이 없던 남자도 나름 무언가 화제를 만들어 내려 무진장 애쓰죠.

2) 대화 중 서로에 대한 무언가 공통점을 찾으려 노력합니다.

이는 곧 질문이 많다는 얘기겠죠. 취미, 좋아하는 것들이 같을 땐 지체 없이 "저도 좋아해요!"라며 공감대를 만들죠.

3) 다 알다시피 배려...

특히나, 차도쪽이 아닌 인도쪽으로 걷게 한다든지, 문을 열어 준다든지 보호 본능에서 우러난 행동들은 이미 마음이 반 이상은 넘어왔단 얘기죠.

뭐, 집까지 바래다준다면 99.99999% 맘에 들었단 얘기인 건 말할 것도 없고요.

4) 거리감을 좁히려 합니다.

길을 걷더라도 절대 앞서 가거나 뒤쳐지기 보다 옆에 붙어 나란히 걸으려 노력합니다. 실험해 보고 싶으시다면 비오는 날로 소개팅 날짜를 잡아 보세요. 님에게 호감이 있는 남자라면 우산을 하나로 같이 쓰자고 제안할 겁니다.

2. 평소 알고 지내는 남자의 호감 표시

*이건 너무 포괄적이고 방대해 한 가지 상황을 예로 들어 설명해 드릴게요.

1) 무엇보다 당신의 눈과 귀에 자주 보이고 들린다면 어느 정도 가능성을 두세요. 뭐, 식사 시간에 동행한다든지 업무적인 일 외에 곁에서 맴돈다는 건 살핀다는 얘기니까요.

2) 큰 것보다 소소하고 작은 것들을 애써 챙겨 줄때.
예를 들면 일을 마무리하고 오느라 동료들과 함께하는 식사자리에 늦었을 때 음식을 따로 챙겨 둔다든지 하는 경우처럼요. 별것 아닌 것 같아도 여럿이 함께 식사하는 자리에서 호감이 가는 이에게 수저 하나를 직접 건네주는 것도 남자에겐 행복이거든요.

3) 그 외에 수도 없이 많아 일일이 늘어놓자면 제 일도 포기하고 내내 컴퓨터 앞에 앉아만 있어야 될 것 같으니 간단한 확인법 하나를 알려 드릴게요.

상대에게 소개팅 제안을 해보세요.
"내가 아는 친구 중에 괜찮은 사람 있는데 소개시켜 줄까?"
이때, 예스와 노 모두 가능성이 있습니다.

주저 없이 "예스!" 라고 답한다면 가능성은 희박하겠죠.
그런데 "생각해 볼게!" 라는 답이 돌아온다면 당신에 대한 호감이 이제 막 시작됐거나 어느 정도 추파를 던졌는데 너무나 무딘 당신이 알아채지 못해 지쳐있는 상태이거나 둘 중 하나입니다.

만약, 후자라면 남자는 기회를 봐서 당신에게 마지막 기회라 여기고 직접 고백할 확률이 큽니다.

마지막으로 "아니, 괜찮아! 아직 누구 만날 생각 없어."라고 답한다면 그건 당신에게 호감이 있을 가능성이 크겠죠. 대신 이때 남자의 표정을 잘 살피세요.
무덤덤한 표정인지, 아님 뭔가 기운 빠진 목소리인지...
후자라면 더욱 확실히 당신에게 맘이 있는 거겠죠.

3. 빠지기 쉬운 착각의 늪

1) 이것저것 잘 챙겨준다.

이건 위에서 말한 애써 챙겨준다는 말과 비교해 이해하셔야 해요.

여럿이 함께 있는 가운데 자신을 챙겨준다고 했을 때 당신에게 호감이 있는 것일 수도 있지만 개 중 다른 누군가에게 호감이 있는데 티를 내지 않으려 모두에게 친절을 베푸는 것일 수도 있으니까요.

이럴 땐, 같은 상황에서 단 둘이 한번 있어보세요. 그래도 여전히 친절과 미소를 띠운다면 대상자가 당신일 수 있겠죠. 그것도 아니면 김칫국 마신 겁니다.

2) 영화를 보자거나 식사를 하자거나 연인들이 하는 데이트 코스를 함께 하자고 할 때.

사실, 이게 여자들이 가장 빠지기 쉬운 착각의 늪인데, 물론 정말 호감이 있어 그럴 수도 있지만 그렇다고 절대 맹신은 금물입니다.

남자들 중 간혹 애인이 있는데도 이렇게 하는 경우도 있으니까요.

뭐, 그럴 땐 여친이 바쁘거나 멀리 있거나, 때론 심하게 다퉜을 경우에 홧김에 그럴 수도 있거든요. 애인이 없는데 그런다면 평소 취미가 혼자하기엔 왠지 주변 시선이 불편해 함께 하는 경우가 있죠.

그렇다고 풀이 죽거나 희망을 버리지 마세요. 남자는 결코 자신에게 전혀 무감각한 이성에게 무언가를 함께 하자거나 챙기지는 않으니까요. 비록 가능성이 희박할지라도 조금은, 아주 조금이라도 수컷의 본능을 자극하니 행동하는 겁니다.

그러니, 혹시 제가 말한 것들 중에 아린 님이 생각하시는 상황에 맞아떨어지는 것이 있더라도 상대가 놓치기 아깝다면 절대 포기는 마세요. 그렇다고 궁금해 못 참겠다고 절대 직접 고백하지 마세요. 그나마 남아있던 상대의 호감이 지구 밖으로 나가 떨어질 수 있으니까요.

용기 있는 여자는 남자에게 남자로 보입니다!

자, 아린 님이 딴 생각하기 전에 얼른 제 질문으로 넘어갈게요.
오늘 저의 질문은... 반사!
답하다 보니 저 또한 남자로서 무척이나 궁금하네요.
여자들이 보내는 호감을 알 수 있는 방법은 무엇인지,
역시나 남자가 착각하기 쉬운 오해의 소지들...

참으로 궁 금 타!

P. S___
요즘 날씨 좋죠?
아린 님
근데 혹시 어디 사세요?
행여 저 물 건너 외국에 사시면 날씨가
틀릴 수도 있으니...
아무리 익명성을 안고 대화하기로 했다지만
원초적인 본능은 어쩔 수 없네요. ^^

이틀 후
여섯 번째...

제가 사는 곳은
지구라는 푸른별 대한민국 어디쯤이라고 해둘게요.^^
외국은 아니니 걱정마세요.
메일은 꼬박꼬박 제시간에 잘 도착하고 있답니다.

문득 생각해 보니 어쩌면 돈테 님과 제가
지하철에서나 버스에서 스쳐 지났을 수도 있었겠다...라는 생각이 드네요.

돈테 님은 어떤 모습의 사람일까 저도 궁금하긴 했는데
우리가 '운명' 이라면 어디서 한 번쯤은 만날 수 있지 않을까요? 스쳐 지나거나.

그나저나 데이트와 비슷한 코스로 영화를 보자거나 차를 마시거나 하는 제
안이 그냥 의미 없는 행동일 수도 있다니 또 한번의 충격!

'남자는 관심 없는 사람에겐 시간과 돈을 쓰지 않는다' 라는 말이 있는데
이 말의 의미가 이렇게 풀어져야겠네요.
'남자는 약간의 관심이 있으면 시간과 돈을 투자하
지만 그 관심이 애정은 아닐 수도 있다' 이렇게 말이에요.
맞나요?

돈테 님이 예상 하신대로 연애전투력 상실...
이젠 저에게 잘해 주는 남자도 색안경을 끼고 보게 생겼어요.

돈테 님과 메일을 주고 받는 게 진짜...
약이 아니라 독이 될 수도 있겠단 생각이 드는 건 왜 일까요? 흠...

그래도 이왕 시작한 거, 여자가 칼을 뽑았으면 무라도 썰어야 하지 않겠어요?
이런 무데뽀의 심정으로 마음에 있는 남자한테 먼저 고백하는 건 또 아니라
는 거죠?

아... 어렵다 어려워...
어려워, 어려워, 어려워...

이쯤에서 남자들이 어려워하는 여자들의 호감 리액션은 뭔지 알려 드릴게요.

상황별로 정리해보자면

① 소개팅에서

여자들이 시종일관 웃는 얼굴이면서 별로 웃기지도 않는 농담에 꺄르르
웃는다면 그건 100% 호감의 표시예요.
이 경우 원래 잘 웃는 여자의 경우는 약간 예외일 수 있지만 진짜 마음에
안 드는 남자의 애기는 농담도 고문처럼 느껴지거든요.

그리고 또 한가지! 대화할 때 여자의 몸이 앞쪽 테이블에
가까이 다가가 이야기를 경청한다면 이것도 호감
의 표시랍니다. 만약 의자에 앉아 팔짱을 낀 채 의
자 등받이에 몸을 대고 있다면 이야기 하는데 가끔
하품까지 한다면 이건 ‘전혀 관심없음’ 이란 표시라
고 보면 됩니다.

② 같은 직장에서

같은 직장에서도 소개팅의 반응과 똑같다면 그건 당신에게 관심이 있다
는 증거.
사무실 안에서 썰렁한 농담을 해도 많이 웃는다거
나 뭔가를 부탁할 때 굳이 당신을 찾는다면 그것도
또한 청신호! 그리고 발렌타인 데이에 ‘여자친구 없는 게 불쌍해서
하나 챙겨주는 거예요’ 라고 하면서 초콜릿을 챙겨준다면 이것도 관심의
표시예요. 물론 방패막이로 다른 직장동료들에게도 주겠죠. 하지만 부피
나 사이즈가 다를걸요? 한번 잘 살펴보세요.

③ 평소 알고 지내는 사이

이 경우엔 한밤중에 (특히 새벽에) 전화를 했는데 아무렇지도 않게 받아준다거나, 전화 받는 목소리가 분명히 잠들다 깬 목소리 같은데도 '혹시 잔 거 아니야?' 라고 물어봤을 때
화들짝 놀라며 '아니 무슨... 안잤어. 엎드려서 책 읽고 있어서 그런가봐, 혹은 일하고 있었어.' 라고 한다면 당신에게 호감이 있는 거예요.

또 이런 경우도 있겠네요.
평소엔 털털한 여동생의 모습으로 있다가 어느 순간 당신을 만날 때 여성스러운 의상이나 화장을 시도하고 행동이 조신해진다면 당신이 남자로 보인단 표시일 수 있어요. 아무리 선머슴 같던 여자도 좋아하는 남자 앞에선 '여자' 이고 싶은 게 여자의 마음이거든요.

단 위의 3가지 경우에 '정도의 차' 라는 게 있거든요.
그 정도의 차를 헷갈리시면 안되요.

너무 어려운가요?

저도 여자지만 참... 이 정도의 차를 직접 보여드릴 수도 없고 글로 설명하려니 참 어렵네요. '정도의 차' 라는 걸... 이렇게 설명해 볼게요.
여자들은 기본적인 '모성본능' 이 있어서 남자를 챙겨주려는 본성이 안에 꿈틀대고 있거든요. 이 본능과 애정을 헷갈리면 안 된다는 것!

그런데 답변을 쓰다 보니 '뭐 좀 오해하면 안 되나?' '상대방의 진실을 알기 전까지 나만 설레고 좋으면 되는 거 아냐?' 하는 마음도 드네요. 남자들이 나에게 친절한 거... 좀 착각하고 살아도 그 순간만큼은 행복할 수 있잖아요.

돈테 님 말대로 괜히 의심부터 하거나 믿지 못하면 될 일도 안 되니까 서로 빈틈을 보여주는 게 좋을 것 같네요.
오늘부터 제 빈틈을 좀 보여주고 살아야겠어요!!! ㅎㅎㅎ

이제 제가 궁금한 걸 물어볼게요.

남자들은 여자들을 만날 때 이 여자는 연애하면 좋을 여자, 이 여자는 결혼하면 좋을 여자라고 구분을 짓는다고 들었어요.

서른이 넘어 결혼 적령기의 여자는 '결혼하면 좋을 여자' 로 분류되는 편이 좋은 것 같은데. 가끔 연애하면 좋을 여자가 더 섹시하고 예쁘다는 소리가 아닐까~ 기분이 나쁘기도 할 것 같거든요.

반면 '연애하기 좋을 여자' 로만 분류되면 내가 너무 놀게 생긴 건가. 혹은 쉬운 여자로 보인건가. 이 남자는 나를 진지하게 만나지 않는 건가 생각이 들거든요.

도대체 남자들이 이를 구분 짓는 기준은 뭐예요?
그리고 처음 만났을 때 둘 중 어느 쪽에 더 진지한 마음을 갖게 되죠?

연애하기 좋은 여자, 결혼하기 좋은 여자

도대체 남자들이 이를 구분 짓는 기준은 뭐예요?

그리고 처음 만났을 때 둘 중 어느 쪽에
더 진지한 마음을 갖게 되죠?

산뜻한 봄 향기를 담은 여섯 번째 답장

흠, 이러다 정말 애꿎은 처녀하나 독신주의자 만들까 심히 우려되네요.
아린 님 재차 그리고 누누이 말씀 드리지만 지금까지, 그리고 앞으로 이어질 저의 모든 답변은 어디까지나 보편적 답변입니다.
그러니까 색안경까지 끼어 가며 단정 지어 받아들이진 마세요.
어디까지나 참고용일 뿐입니다.

그나저나 다행히 아린 님의 답이 저의 예상을 빗나가지 않은 것 같아 마음이 조금 놓이네요. 답을 읽고는 제 주변의 여자들을 떠올려 봤는데 몇몇이 눈에 들어오네요. ㅋㅋ
(뭐, 저의 맘을 흔들리게 하는 상대가 없다는 게 안타깝지만... 기분은 좋네요)

연애하면 좋을 여자? vs 결혼하면 좋을 여자?

글쎄요?
대다수 남자들은 연애하다 보면 이 여자랑은 결혼해도 될 것 같다는 마음이 드는 건데...
만날 때부터 일정한 기준을 가지고 구분 지어 만난다는 건 극히 일부 남자들의 얘기인 것 같아요.

굳이 따지자면,
누가 보기에도 섹시하고 예쁜 여자를 대하는 마음 vs 보편적 외모를 가진 여자를 대하는 마음 정도가 되겠죠.

우선, 예쁜 여자를 만날 때 남자는 일단 부담을 가지고 만납니다.
(여자의 미모 정도에 따라 그 부담감은 비례 상승 하죠.)
남들의 시선을 의식하지 않을 수 없으니까요.

마음속에서 두 가지 의견이 수시로 충돌합니다.
누가 봐도 예쁜 여자와 데이트 하는 데 대한 우월감.
그리고 내가 아니어도 이 여자는 언제든 얼마든지 잘난 남자를 만날 수 있다는
불안감.

그러다 보니 결혼이라는 것을 쉽게 생각하지도 결정짓기도 힘듭니다.
"결혼해서 바람 피우면 어떡하지?"
"언제든 딴 남자를 만날 수 있으니 쉽게 이혼하자고 하지 않을까?"
등등 결혼 이후의 부정적 생각들이 솟아나는 거죠.

하지만, 보편적인 외모의 여자에게는 적어도 그런 부담감은 크지 않습니다.
그러다 보니 대화나 행동에 좀 더 솔직해 지고 편하게 대하는 거죠.
편한 맘에 자주 만나게 되고 그러다 점점 정이 들고,
(아시잖아요, 요놈의 정이 무서운 거...)
어느 순간 이 여자라면 결혼해도 괜찮을 것 같다는 결심을 하게 되는 거죠.

즉 결론을 내리자면,
"연애하고픈 여자 = 예쁜 여자"
"결혼하고픈 여자 = 편한 여자"
가 되지 않을까 싶네요.

하지만, 예쁜 여자도 얼마든지 편한 여자가 될 수 있답니다.
그녀를 편하게 대할 수 있는 힘을 불어 넣어주는 잘난 (능력, 외모, 안 되면 끈기라
도...) 남자라면 말이죠.

그리고 진지함에 대해서 따지자면, 제 생각엔
예쁜 여자 쪽에는 깊이 있는 진지함 보다는 모 아니면 도라는 무데뽀 정신이 클
테고, 보편적인 여자에게 호감이 간다면 그만큼 심사숙고한 진지함이 묻어있지
않을까 싶네요.
어디선가 "하여간 남자들이란..."소리가 들려오는 듯하네요.

이상 끝!

이번 저의 질문은 어제 저녁 간만에 열린 친구들과의 모임자리에서 씹어대던 수다안주에 관해 물어볼까 해요.
저에겐 한 달에 한번 이상은 정기적으로 모이는 수다멤버들이 있답니다.
(참고로 다들 솔로들이랍니다.)
자주 가는 가로수길 카페에서 향기 좋은 남미산 커피를 한잔 하는데 개 중 한 친구가 열변을 토하더군요.

"야, 도대체 여자들은 왜 그런다냐?"
"뭘?"
"어째 하나같이 자기 친구들은 다 예쁘대? 도대체 예쁘다는 기준이 뭐야? 그리고 가만 보면 자기가 아는 남자 만날 땐 절대 자기보다 예쁜 애들이랑은 같이 안 오더라?"

내용인 즉, 소개팅을 했는데 남자들에게 인기가 많다는 둥 누구누구 닮았다는 둥 니가 딱 좋아할 스타일이란 말에 기대감을 한껏 안고 갔다 똥 밟고 온 후의 하소연 이었어요. 근데, 가만히 듣고 보니 그런 것 같기도 하고...

해서 말인데 여자들은 왜 자기 친구 이야기를 할 때 다들 예쁘고 괜찮다고 하는
데 막상 만나 보면 기대와는 다른 경우가 많은 건가요.

상식적으로 예쁘다는 건 외모를 말하는 거 아닌가요?
그리고 남자들이 있는 자리에 왜 예쁜 친구와는 함께 잘 나오지 않는지...

혹시, 자신이 더 낫다는 소리를 듣고 싶어서 인가요?
생각 할수록 궁금해지네요?
물론, 모든 경우가 그렇진 않겠지만 남자들 입장에선 종종 겪는 상황이라 알고
싶네요. (참고로 이건 어디까지나 남자들 관점에서의 궁금함이지 미모를 가지고 논하자
는 건 아니니 오해마시길...)

여자들에게
'예쁜 친구'의 기준

이번 메일은 너무 예상에 딱딱 들어맞는 답변이라
보면서 한숨이 푹푹 나오더군요.

그런데!!!

돈테 님의 이번 메일엔 조금 딴지를 걸고 싶네요.
조금 솔직하지 못하다는 거!

솔직히 여자친구가 오래 지나다 보니 편해지고 사랑에 빠질 수 있다 하지만
'아이유' 나 '김태희' 같은 여자가 여자친구라면 한순간 사랑에 빠질테고
심지어 그녀들이 성격까지 좋다면 매일 덩실덩실 춤을 추며 기세 등등 의기
양양해질 거면서!
예쁜 여자가 부담스러운 건 한순간이라고 인정하시죠~
솔직히 예쁜 여자 마다하는 남자 없잖아요.

누군가 그랬어요.
남자들은 지극히 시각적인 자극에 흥분하는 동물이고 여자들은 시각적인
것에 후각 + 청각 + 촉각까지 함께 믹스되어야 흥분하는 동물이라고.

여자들은 헤어진 옛 남자친구의 기억을 외모뿐만 아니라 그의 향기나 그의
목소리 그리고 그의 숨결 등등으로 기억한답니다. 그런데 남자들은 물론 옛
여자친구의 샴푸냄새도 기억하겠지만 주로 외모를 먼저 떠올리지 않나요?

혹시 몰라서 알려드리는 건데 여자들은 남자의 외모나 신체부위가 최고의
기준은 되지 않아요.
그냥 보기에 좋은 연예인들에게 열광할 뿐이죠.

실제 그렇게 매끈한 부위 근육을 가진 남자를 소개팅에서 만난다면 자기관
리가 뛰어난 남자로 잠시 박수를 쳐줄지는 몰라도 곧,
'이 남자 주말에 나 만나는 것 보다 헬스클럽에서 운동하는 걸 더 좋아하는
거 아냐?'
'매일 내가 싫어하는 운동 다니자고 하면 어쩌지?'
'혹시 나 말고 다른 여자들에게도 주목받고 싶어서 몸매관리 하는 거 아냐?'
'삼겹살에 소주가 땡기는데 먹자고 조르면... 싫어하지 않을까?' 라는 고민
과 우려에 빠지게 된다구요.

그냥 배불뚝이만 아니길 바라는 게 여자들의 공통적인 마음!!!

우리 여자들은 2PM이나 권상우를 연애상대로 꿈꾸지 않는답니다.
매일 어떤 여우가 채 가지나 않을까 불안에 떨면서 신경쇠약자로 살긴 싫거
든요.

남자의 '됨됨이' 가 연애의 첫 번째 조건이 되는 경우가 대다수죠.
여자에겐 연애의 조건이 곧 결혼의 조건이거든요.

사실 이 기준이 돈데 님이 물이 오신 '니에게 예쁜 친구' 의 기준이에요.

남자들은 '예쁘다' 를 단순한 미모로 생각하지만
여자들이 '예쁘다' 고 하는 건 외모 + 성격 + 능력 + 지적수준 등등을 다 포
함해서 평균을 낸 수치로 '예쁘다' 고 하는 거예요.

'내 친구 예뻐' 라고 하며 데리고 나오는데 남자들의 눈에는 안 예뻐 보이더
라도 여자들에겐 아주 예쁜 친구라는 거죠.

성격이 예쁘거나 능력이 예쁘거나
혹은 숨겨진 몸매(?)가 예쁘거나. (이 경우엔 남자들이 좋아하죠? 짐승!)

뭔가 일맥상통하는 부분이 있죠?

단순한 외형을 모든 기준으로 삼는 단순한 남자와는 달리
여자는 복잡 미묘한 동물이라는 거!
이걸 남자들이 좀 알았으면 좋겠어요.

혹시 돈테 님도 여자들은 성격보다 외모가 우선이지! 라고 생각하는 분이신
가요?

이쯤에서 또 늑대지만 여우같은 남자들의 행동 중 하나가 궁금해지네요.

남자가 '좋아한다' 고백을 해놓고
그 이후 복잡한 여자의 마음이 조금씩 열리기 시작하는 찰나!
발을 쑥 빼는 남자의 심리는 무언가요?

그냥 옆구리 몇 번 쿡쿡 찔러놓고 , 몇 번 잘 만나다가 도망가는 이유는 뭐죠?

CHAPTER 9

옆구리 몇 번 쿡쿡 찔러놓고, 몇 번 잘 만나다가 도망가는 이유는 뭐죠?

그 중 가장 큰 통과 의례가 바로
주변인들에게 소개시켜 평을 들어보는 거죠.

세상에 항상 예외는 존재한다는 걸 알아주십사
하는 맘으로 전하는 일곱 번째 답장

아린 님의 딴지에 변명 아닌 변명을 하자면 그렇게 예쁜 여자를 남자들 모두가 좋아한다면 우리가 아는 소위 잘 나가는 능력남(재벌가, 의사, 변호사...)들이 다들 미녀들과 결혼해야 하는데 왜 그러지 않을까요?
남자에게 결혼과 연애는 선을 그은 구분은 아니지만 시간이 지날수록 분명 틀린 무언가가 존재합니다.

대개 30대를 넘어 결혼 할 나이가 되면 그 마음가짐의 차이가 확연히 드러나죠. 한마디로 현실에 눈을 뜨는 거죠. 능력 없고 예쁜 여자보단 외모가 딸려도 능력 있는 여자와의 결혼을 선택하죠. 요즘, 애 하나 낳아 키우는 데 돈이 얼마나 많이 드는지 아시잖아요. 언제 잘릴지 모를 대한민국 샐러리맨의 현실 속에서 안정된 미래를 위해 적당한 선에서의 타협이 이루어지는 거죠. 어릴 적 부모님들이 공부가 제일 쉬운 거라고 하던 말이 믿기지 않다 사회에 나와 깨우치는 것처럼 먼저 결혼한 선배들의 조언이 와 닿는 순간인 거죠. 저 또한 요즘 슬슬 눈에 씐 콩깍지들이 벗겨지고 있거든요. 요즘 집값이 어지간해야 말이죠!
아 생각하니 한숨이...

그나저나 저도 딴지를 하나 걸까 하는데요.

여자들이 연애의 조건 1순위로 꼽는 게 됨됨이라는 말은 글쎄...? 라는 의문이 드네요. 적어도 제 주변의 여자들은 지극히 현실주의자들이던데... 하물며 요즘은 20대 초반의 여자들도 예전처럼 조건無, 감정100%의 불타오르는 사랑보단 능력 있는 남자와의 편안하고 안정적인 연애를 바라더군요. 그런데도 됨됨이를 본다는 건 아린 님 생각이 많이 반영된 게 아닌가 싶군요. 그런 아린 님을 두고 남자가 돌아섰다는 게 영 믿기지 않네요.

(앗 죄송... 괜히 상처를 건드린 건 아닌지...)
얼른 화제 바꿔야겠다.

"옆구리 쿡쿡 찌르고 돌아서는 남자, 도대체 뭐하는 짓이냐? 간 보는 것도 아니고...?"
답을 먼저 드리자면... 간 본 겁니다!
남자가 고백까지 하고 어느 정도 만나기까지 했는데 어느 날 갑자기 돌아선다면 개인적 사정을 제외하곤 대개 십중팔구 본인의 의지보단 주변의 평가가 지대한 영향을 끼친 겁니다.

남자가 여자를 여친으로 받아들이기 위해서는 몇 가지 단계를 거칩니다. 그 중 가장 큰 통과 의례가 바로 주변인들에게 소개시켜 평을 들어보는 거죠. 한데, 주변인 중 누군가가 부정적인 의견을 내놓는다면 남자는 갈등에 빠집니다. 부정이 싹트는 순간이죠. 그렇게 한번 돋아난 부정은 여자를 만나는 동안에도 계속 머릿속을 맴돕니다.

"정말 나랑 안 어울리는 걸까?"
"그렇게 성격이 까탈스러워 보이나?"
등등…

그러다 또 다른 주변 누군가가 여자에 대해 좋지 않은 얘기를 하거나 평소 자신이 싫어하는 모습을 보기라도 하면 그간 마음 한구석에 웅크리고 있던 부정의 갈등들과 합쳐져 쓰나미가 되어 몰려오는 거죠. 거대한 쓰나미의 위력은 그간 쌓아 뒀던 애틋한 감정들을 깨끗이 쓸어갑니다. 남자가 냉정히 맘을 돌릴 수 있을 만큼 아무것도 남기지 않는 거죠.

여기서 드리는 팁 하나!

혹시나 새로이 만나는 남자가 너무 맘에 들어 놓치기 싫다면 남자의 친구들을 포섭해 아군으로 만드세요. 아군의 새치 혀가 당신을 현모양처 신사임당으로, 때론 악처 크산티페(소크라테스의 부인)로 만드는 거대한 능력을 가졌으니까요.

여기서 드는 의문...

아린 님, 그럼 옆구리 한번 쿡 찔렀다가 거절당하고 나서 혹시 또 다시 찌른다면 여자들이 받아들이는 입장은 어떤 건가요?

지난번 답해 주신 '열 번 아니 그 이상 찍는 도끼엔 대부분의 나무가 넘어간다. 속는 셈 치고라도' 라는 답변으로 보면 분명 가능성은 존재한다는 건 알겠는데, 제 주변에 두 번 찍었다가 아예 여자가 불편해 하며 다시 연락 말라고 한 적이 있거든요. 이런 예외의 경우처럼 다시 도끼질을 할 때 주의사항이나 좋은 팁이 있다면 알려 주시와용~

옆구리 몇 번 쿡쿡 찔러놓고,
몇 번 잘 만나다가
도망가는 이유는 뭐죠?

다음날, 알면 알수록 더 헷갈려서 알쏭달쏭 퀴즈 같기도 미스터리 소설 같기도 한 남자에 관한 궁금증 **여. 덟. 번. 째. 편. 지**

오늘은 날이 너무 좋아서 돈테 님 메일을 읽고 지하에서 서늘함에 떨던 제 맘이 따뜻한 봄 햇살에 녹는 하루였어요.

돈테 님은 오늘 하루 어떠셨나요?

혹시 한 번의 도끼질에 소심해져 저에게 어떤 방법이 있는지 물어보신 건 아닌가요?

지금까지 돈테 님이 주신 답변을 보면
여자의 마음을 잘 알아줄 것 같은데... 그 여자분이 돈테 님을 잘 몰라서 거절했나봐요.

아님 돈테 님의 됨됨이 보단 조건을 따지는 여자였거나...

글쎄요...
한번 거절당한 여자에게 다시 도끼질을 할 때 성공확률을 조금 더 높이면서 재시도 할 도끼질의 횟수를 10회가 아닌 그 이하로 줄이는 방법.

쉽게 설명하면
그 나무가 넘어오지 않는다고 두 번째부터 고성능 전기톱을 들이대지 말 것!
오히려 조심조심 나무에게 물도 주고 쓰다듬어 주는 작업을 하다가 결정적인 순간에 한 번에 내리치세요.

어쩌면 도끼질 하지 않고 그냥 지켜보고 관심을 가져주는 따뜻한 손길만으로도 나무가 스스로 넘어 갈수도 있답니다.

이것도 물론 여자의 성향에 따라 다르긴 한데 따뜻한 손길보다 예뻐해 주는
작업을 각종 물량공세로 해주는 걸 좋아하는 여자도 있거든요.
열 선물 마다할 여자, 없죠.

그런데 어쨌든 무모한 (다소 무식한) 들이댐은 오히려 역효과를 초래할 수 있
어요.

그 여자가 정말 내 여자다 싶고 영원히 안보면 죽을 것 같다 싶으면
서서히 그리고 조심스럽게 다가가세요.

무심한 듯 생일을 챙겨준다거나
자주 연락하지 말고 뜸하게 연락을 하다가 날씨 핑계, 기분 핑계를 대며
공연을 함께 보자고 한다거나
여자가 곤란한 상황에서 전화를 하면 열 일 제치고 달려간다거나.

이렇게 여자의 감성을 건드리면 여자들은 말랑말랑해진답니다.

그렇게 강, 약, 중간, 약 이렇게 조절해서 조심스럽게 디기기면 좋을 깃 같
아요.

참, 그런데 만약 첫 번째 도끼질에 나무가 꺅! 하고 몸서리를 치며 도망을
간 경우라면 그냥 포기하시는 게 좋아요. 그건 '니가 도끼질 하는 거 싫어!'
라고 표시한 거니까요.

돈테 님의 두 번째 도끼질을 당할 여자분은 누구일지...
부디 돈테 님의 마음이 전달이 되길 빌게요.^^

돈테 님! 혹시 지금 돈테 님도 이런 상황이 아닐까 하는 상상을 해봤어요.

만약 외모나 스펙이 비슷한 두 여자가 있는데요.
그런데 한 여자는 자신을 좋아해주고
한 여자는 자신이 좋아하는 사람이라면

둘 중에 남자는 어느 여자에게 매력을 느끼나요?

보통은 자신을 좋아해주는 사람은 내 스타일이 아니고
내가 좋아하는 사람은 이상형!
이게 보통은 정석인데, 만약 스펙이 비슷한 두 여자인데 좋아하는 상황만
다르다면!
과연 남자들은 어떤 쪽으로 마음이 가나요?

.

.

.

.

혹시 돈테 님이라면 어떤가요? ^^

나를 좋아해주는 여자, 내가 좋아하는 여자

...
그래서 남자에 대해 늘 궁금해 하며
내가 가지고 있는 기준과 정답에 가까운 사람을
찾으려고 노력하는 거겠죠.
그래야 상처라는 실수를 하지 않고 멋진 사람을 만날 수 있으니.

어느덧 팔자인지 운명인지에 이끌려
이어진 여덟 번째 왕래글

어제의 그 좋았던 날씨가 변덕을 부리는지 아린 님의 메일을 읽는 지금 이 순간
은 강풍에다 빗방울까지 떨어지네요.

"인내는 쓰지만 그 열매는 달다"는 말이 딱 들어맞는 아린 님의 답변에 달달한
고구마 라떼 한잔으로 입가심을 하며 글을 써봅니다.

아린 님 말대로 죽을 만큼 사랑하는 여자라면 곁에서 지켜보며 보살피고 다듬
어주는 건 어렵지 않습니다. 한데 문제는 그 사이 어떤 놈이 갑자기 나타나 낼
름 채 갈까 봐 그게 문제인 거죠. 그때의 실망과 분노는 남자에게 다시는 연애
를 못할 만큼의 크나 큰 상처를 주기도 하거든요. 거참, 내가 찜한 여자라고 공
표하고 다닐 수도 없고... 어휴~ 한숨이 절로 나오네요.

뭐, 저의 한숨을 보고 더욱 확신하셨겠지만...
맞아요. 바로 얼마 전 제 상황을 빗대어 질문을 드린 거였어요.
한데, 제가 한 번의 도끼질을 하고 돌아선 건 제 마음의 고충이 너무 커서였
어요. 제가 보기보단(진한 이목구비 탓인지 다들 세 보인다고 하거든요.) 감성적이거
든요. 고백을 거절 당한 후 그녀를 지켜보는 것만으로도 제겐 너무나 큰 고통이
라... 몸이 멀어지면 힘든 마음도 잊혀지리라 여기고 그렇게 그녀 곁에서 멀어
졌답니다.

갑자기 단 게 당기네요...
고구마 라떼 시키길 잘했네요. ^^

자, 맘을 진정시키고 아린 님의 질문에 충실해 볼까요.

달달한 라떼가 머릿속을 맴돌아서 그런 가 이번 아린 님의 질문은 상상만으로 행복합니다.

날 좋아하는 김태희냐?

내가 좋아하는 전지현이냐?

(어디까지나 상상은 제 맘이니깐요^^)

정답!

양다리요. ㅋㅋㅋ

농담이고요.

사실 이건 나이에 따라 답변이 나눠질 거예요.

아직 어려서 체력적으로나 정신적으로 도전정신의 에너지가 넘치는 남자(30세 이전)라면 분명 자신이 좋아하는 쪽으로 기울 것이고...

이래저래 사랑의 아픔이며 사회의 고진 풍파를 겪은 나이가 있는 남자(30세 이상)라면 아무래도 그간 고갈된 맘에 애정을 쏟아 부어 줄 여자를 선택하지 않을까요. 무엇보다 결혼이라는 코잎에 닥친 현실이 남자의 결정에 중요한 영향을 끼칩니다.

그렇잖아도 이리 치이고 저리 치이는 사회생활 속에서 그나마 안식을 위해 돌아온 집에서 만큼은 백화점 쇼핑을 가자며 조르는 여자보다는 맛있는 저녁상을 차려놓고 기다리는 여자가 절실할 테니까요.

고로 나는.... 날 좋아해 주는 여자분께 한 표! ^^

그렇다면, 여기서 질문!

여자들은 어떤가요?

여자들은 비슷한 스펙의 두 남자 중 어떤 남자에게 끌리는지...
남자들처럼 나이가 들어 갈수록 자신을 좋아해 주는 사람에게로 마음이 기우
는지?

아님, 곧 죽어도 내가 좋아하는 남자 쪽인지?
요거 요거 은근히 기대되고 고대되네요.
영양 가득 찬 답변 부탁드려요~

돈테 님은 항상 제 질문을 되물으시네요.
남녀가 궁금해 하는 점이 비슷한 건지
아니면 그냥 제 메일에 형식적으로 답하고 질문을 보내는 거라 그런건지...
좀 헷갈리네요.

제가 돈테 님에게 지금 딴지를 걸자는 건 아니고...
방금 친한 동생을 만나 와인을 마시고 들어왔거든요.

술기운이 얼큰한 채 들어와서 막 돈테 님의 메일을 읽었는데...
돈테 님의 질문이 정말 궁금해서라기보다
"그냥 메일이 왔으니까 나도 한번!" 이라는 심보가 막 읽혀지는 거죠!

어때요? 지금 '허걱! 어떻게 알았지?' 하고 놀라고 있는 건 아니죠?
조금 찜찜한 기분은 지울 수 없지만 그래도 저 아린은 성심성의껏 답변해
드리겠습니다.

30대 이전의 남자는 자신이 좋아하는 여자 쪽에
30대 이상(조건은 철이 든) 남자는 자신을 좋아하는 쪽이라고 하셨죠?

여자도 마찬가지예요.

좀 더 자세히 얘기해 보면 여자의 경우 결혼을 하고 싶어 하는 열망이 있는
경우라면 대부분! 이라고 정의할 수 있어요. 결혼에 대한 열망보다 연애의
달콤함과 짜릿함을 즐기고 싶어 하는 경우에는 본인이 좋아하던 (즉, 순정만
화 or 트렌디 드라마의 주인공) 사람과 닮은 남자를 좋아하죠.
한마디로 내가 더 끌리는 사람 쪽으로.

하지만 결혼은 곧 현실이라는 사실을 느끼게 되고
인생의 반 이상을 함께할 사람! 이라는 느낌이 앞서면
자신을 보석처럼 아껴주는 사람에게 마음이 가게 된답니다.

여자들은 결혼적령기가 되면 주위 어른들에게 이런 말을 많이 듣게 돼요.

'다 필요 없다. 그냥 너 하나만 사랑해 주면 그걸로 끝이야.'
'여자는 자신을 사랑해 주는 남자를 만나야 평생 행복해.'

이 말들을 철 없을 땐 그냥 어른들이 늘 얘기하는 레퍼토리 중 하나라고 생
각하지만 사랑을 한번, 두 번 하고나면 스스로 알게되죠.

그 말이 곧 진리라는 걸.

그 남자가 능력이 조금 모자라다 할지라도, 나를 사랑해 주는 그 마음만을 믿
고 남자를 선택할 수 있는 용기가 생기게 되는 게 결혼적령기의 여자랍니다.

그리고 이번 질문처럼 두 남자가 기본 외모 및 스펙이 같을 경우에는 나를
아끼고 사랑해주는 쪽이 100% 정답인 거죠.

지구라는 행성이 돌고 돌면서 만들어 내는 수많은 세기 중 '나' 라는 사람이
태어나 '일생' 이라는 궤도에 올라서서 걸어가는 동안 반 정도의 일생을 함
께할 사람을 만난다는 건,

옷 가게에서 최신 트렌드의 옷을 사는 것보다
에지 있는 신상 구두를 사는 것 보다
평생 먹고 살 직업을 선택하는 것보다 몇 배는 중요한 일이라 생각해요.

그래서 남자에 대해 늘 궁금해하며 내가 가지고 있는 기준과 정답에 가까운

사람을 찾으려고 노력하는 거겠죠. 그래야 상처라는 실수를 하지 않고 멋진
사람을 만날 수 있으니.

에고 알딸딸하니 기분이 업 된 상태에서 쓰니까 대답이 술술 나오는 거 같
네.^^ 취중진담이라는 말도 있잖아요.

근데 돈테 님!
오늘 만난 동생이 자신의 반쪽을 찾아가는 과정에서 상처라는 훈장을 또 달
고 말았답니다.
그래서 와인을 마실 수밖에 없었고!

며칠 연락이 뜸하던 남자친구에게서
어느 휴일 아침, 덜렁 휴대폰 문자가 하나 왔대요.

'나는 당신을 행복하게 해주지 못할 것 같아'
이 얼마나 유치찬란한 80년대 영화에나 나올 법한 문장인가요.

쿨하게 그냥 '난 니가 싫어! 우리 안 맞으니까 그냥 서로 헤어지자' 이게 낫
지. 왜 남자는 싫어서 헤어지면서 착한척을 하는 건가요?

착한 척 하면 조금 마음이 편한가?

이건 간단히 답변 좀 해주시고요~

그리고 이왕 취한 김에 오늘은 좀 도발적인 질문을 하나 더 해볼까 해요.
어쩌면 좀 적나라한?

만약 어떤 남자가 어떤 여자를 만났는데
만난 첫날 서로 마음이 있었답니다.

그런데 어쩌다 보니 함께 하룻밤을 보내게 됐어요.

그러면 남자들은 그 다음날부터 그 여자에 대한 애정이 더 깊어지나요?
아니면 이 여자가 그 이튿날부터 매력이 조금이라도 떨어지면 헤어질 준비
부터 하나요?

조금 더 솔직하게 질문해 보면,
남자들은 처음 만난 날, 함께 밤을 보내고 나면
모두 다 정복했다고 생각하고 그 여자와 사귀고 싶은 욕구가 느슨해지나요?
아니면 아~ 이 여자를 품었으니 아껴 줘야지 하는 생각을 하게 되나요?

만난 지 첫날 혹은 2-3주 안에 하룻밤을 함께 하는 게 장기적인 연애전선에
도움이 되나요? 아니면 오히려 손해가 되나요?

속 시원한 답변 부탁드려요!

이만 저는 속 좀 풀어야겠어요.

돈테 님은 술을 좀 하시는 분이려나?

하룻밤을 보낸 남자,
다음날 애정이 깊어질까?
아님 앓다 못 해
연기처럼 사라질까?

아홉수도 이겨낼 운명적 만남을 꿈꾸는
한 남자의 아홉 번째 살짝 취기 어린 답장

"푸하하하... 아니, 어찌 이런 일이!"

다짜고짜 뭔 황당무계+얼토당토않는 제스처냐고요?

제가 오늘 일 년에 한두 번 마실까 말까 한 술을 마시고 들어왔거든요.

한데, 아린 님도 이 밤 취중이시라니...

이 무슨 운명의 장난이란 말입니까!

메일 읽고 깜짝 놀라 씻지도 않고 바로 이렇게 답장을 씁니다.

걱정은 마세요. 다행히 만취할 정도로 마시진 않았으니까요.

딱, 냉정한 독설을 뿜을 정도만큼의 취기랍니다.^^

답변에 앞서 일단, 오해부터 푸세요.

절대 형식적으로 질문을 던진 건 아니니까요.

그저 답변을 하다 보니 상대적으로 호기심이 생겨 같은 질문을 하게 된 거니까요.

(참고로 오늘은 반사 질문이 아니에요.)

그나저나 이번 답변,

그간 아린 님과 오간 내용 중 가장 절 흐뭇하게 해주지 않았나 싶네요.

특히 그 남자가 능력이 조금 모자란다 할지라도
나를 사랑해주는 그 마음만을 믿고...

요부분! 캬아~ 말만이라도 남자들에게 힘이 불끈불끈 솟게 하는...

(근데, 왜 내 주위엔 안 보이는지... 혹, 구별법이 있다면 다음 편지 때 살짝궁 귀띔 좀...^^)

어찌 되었건 여자도 남자와 같은 생각을 가졌다고 하니, 내일 당장 제 주변 열심 짝사랑하고 있는 친구들에게 섣불리 고백 말고 주위를 맴돌며 그녀가 30세가 될 때까지 기다리라고 당부해야겠네요.

그나저나 아린 님은 심심하진 않으시겠어요.
아린 님도 모자라 주변분들까지 틈을 주지 않고 이별의 상처를 입으시니...

허걱! (죄송해요, 제가 취했나 보네요...)

흠흠...
거두절미하고 남자가 쿨하게 이별을 하지 못하는 이유는?

정답 : 도둑이 제발 저려서.

복잡하게 생각 할 필요 없어요.
이유 없이 여자가 싫어졌거나, 다른 여자가 생겼거나 기타 등등...
자신이 찔리는 게 있으니 욕 안 먹고 좋게 좋게 헤어지려 자신이 희생하는 양 유치한 말들을 늘어놓는 거죠.

막말로 여자가 바람 피우거나 잘못을 했는데,
"그 남자 보다 매력적이지 못 해 미안해."
"미안해, 너를 챙기지 못 한 내 잘못이 커."
이럴 남자가 어디 있겠어요.

"어떻게 딴 남자를 만나, 긴말 필요 없고, 당장 여기서 끝내!"
"헤어지는 건 두말 할 것 없고, 당장 무릎 꿇고 사과해!"
쿨 하다못해 잔인하기까지 할 수 있는 걸요.
그러니, 유치찬란한 문자가 왔을 땐 괜히 눈치 없이 이러쿵저러쿵 따지려 수화기를 들지 말고 (그래봐야 이미 이별을 작정한 남자의 입에선 다 제 탓이라며 넌 잘못 없다며 "미안, 미안해" 옹알이 밖에 안 나 올 테니...) 짜식 뭔가 찔리는 구석이 있고만.
그래 잘 먹고 잘 살아라!
당장 포맷시켜 버리고 기왕 든 전화기 절친에게 전화해 소개팅이나 해달라고
하심이 해피엔딩 인생길입니다.

자, 다음.
하룻밤을 보낸 남자, 다음날 애정이 깊어질까? 아님 얕다 못 해 연기처럼 사라
질까?

일단 요건 여러 가지 경우의 수가 복잡 미묘하게 얽히고설켜 단정 지을 수 없지
만 크게 두 가지로 나눠 정리 해 드릴게요.

첫째, 남자에게 현재 여친이 있는 상황일 때.
여친이 있는 상태에서 원나잇을 보냈다면 미안하지만 엔조이일 가능성이 큽니다.
보다 구체적인 확인법은, 원나잇이 있은 후 남자의 첫 전화가 언제 걸
려오느냐? 입니다.

만약, 낮 시간에 전화가 와 영화를 보자든지 차를 마시자든지 아님 식사를
하자든지 한다면 남자는 여자에게 호감이 있는 겁니다.

하지만 밤 늦게 술 한 잔 하자며 걸려오는 전화는 당신을 엔조이 상
대로 볼 확률이 높습니다. 단, 만난 자리에서 남자가 여친의 존재를 밝히며 자
신의 연애사에 대해 이야기한다면 현재 여친과의 사이가 좋지 않고 그로 인해
당신에게 호감이 있다는 긍정적(?) 신호입니다.

다음으로, 남자가 현재 여친이 없는 상황에서 원나잇을 했을 때.
이 또한 크게 다를 건 없습니다.
위에서처럼 낮 시간에 전화해 만나자고 한다면 좋은 감정을 가지고 있는 것으
로 봐도 무방합니다. 하지만 밤에 당신을 불러낸다면 그건 단순히 밤이 외로워

서일 가능성이 크죠. 단, 남자가 당신을 불러낸 자리가 혼자가 아닌 친구나 동료들이 함께 있는 자리라면 당신을 단순한 엔조이가 아닌 이성으로서의 관심을 가지고 있다고 봐도 무방하지 않을까 싶네요. 이건 당신에 대해 주변사람들에게 평가를 바라며 만든 자리니까요. 정말 상대가 맘에 든다면 이 자리에서 매력적으로 보이시면 돼요.

마지막으로 잠자리를 언제 하는 게 적당한 시기인가에 대해선…
글쎄요… 그건 정말 남자들마다 그리고 관계나 입장에 따라 달라 뭐라고 확답을 드리기가 힘드네요. 개인적인 입장에선 서로의 감정이 느껴지고 받아들여질 때가 가장 자연스럽고 적당한 때가 아닌가 싶네요. (참고로 얼마 전 잡지 설문조사를 보니까 평균 연애 한 달 정도 후라는 답변이 제일 많았다고 하던데…)

아린 님, 죄송한데 또 한 번 실없이 웃을게요.
"푸하하하…"
이건 정말 어찌 받아들여야 할지…
저 또한 간만에 술을 입에 댄 게 다름 아닌 저의 20년지기 베프의 하소연을 듣다 흥분해서였거든요.
혹시 제 옆자리에 계셨던 건 아니죠?
저 청담 파출소 뒤쪽 이자카야에 있었는데… 설마!

오늘 좀처럼 술을 마시지 않는 녀석이 연거푸 잔을 들이키고는 주변의 여자들이 들으라는 듯 소리치더라고요.
"아니, 내가 무슨 장난감이야! 저 심심할 때만 필요하게!"

내용인 즉, 얼마 전 소개팅을 했는데 친구는 소개팅녀가 맘에 들었답니다.
다행히 주선자에 따르면 그녀 또한 친구에게 호감을 갖고 있다고 했나 봐요.
이에 탄력(?) 받은 친구는 시간 날 때마다(실은 억지로 시간을 만들어서…) 그녀와 차도 마시고 영화도 보고 데이트를 했다고 하네요. 물론, 집에 데려다 주는 것도 잊지 않고요.

그렇게 간만의 연애에 한껏 신이 나 있던 친구가 회사일로 바빠 삼일동안 연락을 못했답니다. 겨우, 일을 끝내고 그녀에게 연락을 위해 핸드폰을 드는 순간,

불현듯 드는 의문 하나...

가만히 생각하니 지금껏 단 한번도 그녀가 먼저 연락한 적이 없었다는 거예요. 뭐, 거기까지는 사랑하는 맘으로 넘어가겠는데, 삼일간이나 자신이 연락을 하지 않았는데도 전혀 그녀의 연락이 없었다는 사실만은 도무지 이해가 가지 않더래요.

"뭐야? 내가 걱정도 안되나?"
서운함이 생긴 거죠.

결국, 평소 소심하기로 ○○고등학교 3학년 2반에서 소문났던 친구는 고민 끝에 늦은 저녁 전화를 걸어 여자에게 물어봤대요.

"삼일이나 연락이 없었는데 나 궁금하지 않았어? 너도 일하느라 바쁜 건 알지만 그래도 사귀는 사이에 걱정되서라도 전화 한 통쯤은 할 수 있는 거 아냐?"

그러자 되돌아 온 답변,

"오빠, 나 오빠 말대로 정말 바쁘고 정신없어, 아직 나 자신을 추스르기도 벅차.
그리고 뭔가 착각하나 본데 사귀다니? 나 오빠 남친으로 생각해 본적 없어. 이
런 식으로 부담 주는 거 싫어. 난 그냥 오빠랑 있으면 편하고 좋아서 만나는 거
야. 그런 맘이 아니라면 앞으로 서로 안보는 게 좋겠어. 미안해."

소개팅 나왔다는 건 남친을 사귀기 위해 나온 거 아닌가요?
그간 친구가 데이트라고 생각하고 만났던 그 나날들은 뭔가요?

무엇보다 앞으로 제 친구는 어떻게 해야 하나요?
여자의 말은 사귀겠다는 건가요, 아님 그만 만났으면 하는 건가요?

아리송해~
아리송해~
아~ 여자의 마음은 아리송해~
아~ 취한다...

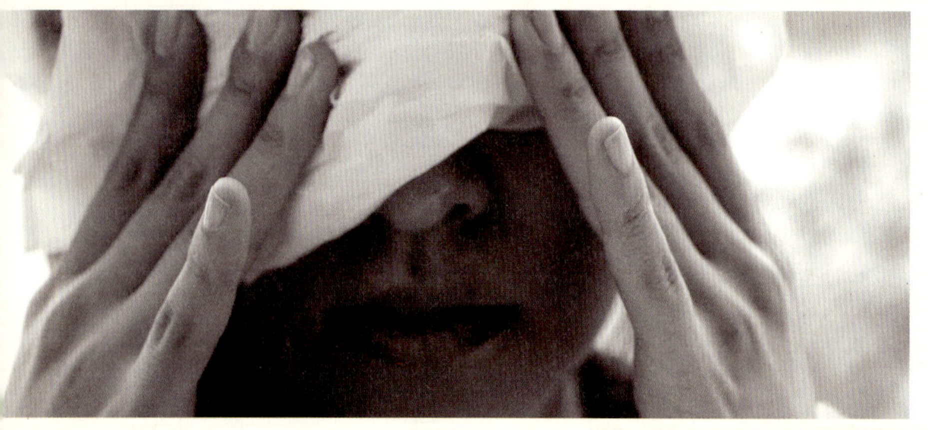

왜 남자는 싫어서
헤어지면서
착한 척을
하는 건가요?

오랜 연인에 대한 추억은
비상 구급약 같은 거라고
보시면 돼요.

여자들은 대부분 기본적으로 여우같이 연애하고
남자한테 공주대접을 받았으면 하는 바람을 가지고 있어요.

왜 여자들은 늘 결정적인 순간에 '여자보다 남자가 더...' 라는 원칙을 세우는가!

다음날, 아린 의 열. 번. 째. 편. 지

아직 어제 마신 술기운이 제 심장 쪽에서 마지막 발악을 하고있는건지
괜히 잠도 안오고...
자꾸 떠올리지 말아야 할 추억들이 떠오르네요.

요럴땐 무조건 돈테 님께 메일을 쓰는 게 특효약이더라고요.

어젠 서울에 있는 외로운 싱글들이 술로 마음을 달래는 날이었나요?
돈테 님도 어제 술을 마시고 있었다니 깜짝 놀랐어요.
제가 청담동에 있었다면 비틀비틀하면서 서로 스쳤을 수도 있겠다 그죠?
근데 아쉽게도 저는 홍대였답니다.

어떻게 해장은 잘 하셨어요?
해장엔 역시... 짬뽕 라면인데...
얼큰하게 고춧가루를 솔솔 더 뿌려 먹으면 캬~
술 한잔이 더 땡기나...? ^^

남자를 만났을 때 아무리 육체적으로 끌리더라도
어느 정도 서로를 알아가는 시간을 가진 후에 뜨거운 밤을 보내는 게 좋다
는 말씀인거죠?

그리고 다음날 낮에 전화를 하는 남자.
꼭 체크해 둘게요.

친구 분이 좀 답답하시겠어요.
억울한 마음도 막 든다고 하시진 않으시던가요?

그런데 남자들이 꼭 알아둬야 할 것이 있답니다.

보통 여자들이 연락을 잘 안하고 남자들이 결국 전화하게 되는 상황이 계속
반복되는 이유는요.
일단 좋아하는 마음의 정도에서 남자쪽이 여자쪽 보다 2배정도 큰 상황이
라고 볼 수 있어요.
남자가 몸이 더 달아오른 상황.

그런데 그렇다고 여자가 이 남자에게 관심이 없느냐.
그건 아니라는거죠.
주위에서 친구들과 선배들의 연애 케이스를 본 여자들은 기본적으로 '여자
는 좀 튕겨주는 맛이 있어야 남자들이 안달한다' 라는 아주 기초적인 공식
에 충실한 거예요.

사실은 여자도 일하다가 혹은 퇴근할 무렵, 그리고 잠자기 전
현재 만나는 남자가 어느 정도 마음에 있다면 전화를 하고 싶답니다.
그래서 전화기를 손에 들기는 해요.
그러다 '문자를 보내 볼까?' 하고 전화기 터치화면에 손끝을 놓으려는 찰나!
기본공식! '남자를 안달하게 하라!' 라는 게 떠오르면서 그냥 전화기를 엎어
놓죠.
'내가 좋으면 언젠가 먼저 연락하겠지...' 이런 생각을 하면서요.

그러니까 소개팅 한 여자가 너무 마음에 들어 공략하고 싶다면 억울하다
생각하지 마시고 무조건 자주 연락하고 약속 잡으시고 문자보내세요.
여자가 먼저 연락 한 번 안 하더라도 억울해 하지 말고요.
연애 초기엔 여자의 콧대를 세워줄 수 있는 남자가
사랑을 받는다고요.

그런데 후배 분은 그걸 못 참고 '우리 사이가 뭐냐!' 라고 닦달해 버린거죠.

그리고 "바쁜 건 알지만 매일 내가 연락 하지 않으면 넌 연락도 없고, 혹시나 나 혼자 착각하고 있는 게 아닌가 해서 말이야?"

이 질문!

이 질문에서 '매일 내가 연락하지 않으면 넌 연락도 없고' 요걸 얘기하지 않았어야 했는데…
바로 이 문장이 여자에게 넌 왜 연락이 없냐. 매일 내가 연락하는 게 좀 억울하다… 로 들릴 수 있거든요.

여자들은 대부분 기본적으로 여우같이 연애하고 남자한테 공주대접을 받았으면 하는 바람을 가지고 있어요.

그런데 이렇게 억울하다~ 하고 짐을 건네주면 여자는 부담을 확 느끼게 되는 거죠. 그리고 그 남자에게 실망을 한답니다.

'아니. 남자면서 연락 먼저 하는 걸 이렇게 억울해 하는 건가?' 라는 생각을 하게 되는 거예요.
다시 한 번, 요런 거에 억울해 하는 건 남자 아니잖아요.

이쯤에서 남자들은 그렇게 생각하겠죠~
왜 여자들은 늘 결정적인 순간에 '여자보다 남자가 더…' 라는 원칙을 내세우는가!

그 이유는 여자는 금성에서 왔고 남자는 화성에서 왔기 때문이에요.

돈테 님도 그러셨잖아요.
남자가 마음에 들어도 먼저 고백하는 여자는 매력이 없다. 저도 잘은 모르지만 남녀 사이에는 왠지 화성과 금성에서만 통하는 법칙이 있는 것 같아요.

말로 설명할 수 없는, 굳이 이걸 따지려 들면 싸움과 오해만 커지는 법칙들!
남자와 여자가 서로 만나 사랑할 때 서로의 차이를 '틀린 것'이 아니라 '다른 것'으로 인정을 하는 게 싸움과 오해를 줄일 수 있는 방법이라고 하잖아요.^^ 그냥 외워버리는 게 나을 것 같아요. 요런 거는.

그러니까 '먼저 연락하고 많이 연락하는 걸 남자들이여 억울해하지 말지어다.'

어쨌든 그 후배 분은 기회를 좀 놓친 것 같아 안타깝네요.

이왕 진~한 질문을 시작했으니 한 가지 더 물어볼게요.
여자가 너무 이런 것까지 궁금해 하는 거 아냐? 라고 생각하셔도 어쩔 수 없어요. 궁금한 걸 어떡해.

돈테 님은 기분에 이끌려 사랑하지도 않는 여자와 원나잇 스탠드를 해보신 적 있으신가요?
남자들은 여자보다 더 그런 기회가 많지 않나요?
철 모르던 시절 선배들과 형들에게 이끌려 빨간 전등불이 유혹하는 곳에서 순수한 순정을 바친 남자 분들도 많은 걸로 알고 있는데...

또 회식을 하게 되면 2차라는 걸 가는 분들 있잖아요.
여자친구나 부인이 서슬 퍼런 두 눈을 뜨고 있음에도 불구하고 당당히 술기운을 빌려 2차를 나가는 남자들.
끓어오르는 본능을 억제하지 못하는 건가요? 사람과 짐승이 다른 이유는 이성과 도덕성이라는 게 있어서라고 하는데.

제 친구중 하나는 남자친구와 술 마시며 기분에 취해 농담으로
"혹시 술집에서 만난 여자와 잔적 있어?"라고 물어봤다가 웃으면서
대답하는 남자친구의 솔직한 대답을 듣고 웃자고 던진 이야기 때문에 결국 헤어지고 만 경우가 있었는데요.

남자들은 그런 얘기를 할 때 아무런 가책이 없는 건가요?

요즘 뭐, 여자들도 원나잇 스탠드를 하는 분들이 간혹 있습니다.
그런데 횟수나 빈도를 따지자면 남자들이 훨~씬 많은 거예요.

갑자기 궁금해요.
남자들은 왜 아무 감정도 없으면서 자주 여자들과 하룻밤을 보내는 건가요?
욕구를 풀기 위해... 라는 명목이던데.
욕구를 꼭 풀어야만 하나요?
이건 신체구조가 달라서 이해할 수 없는 생리학적인 문제일까요?

그냥 궁금해서 그러니까 속 시원히 답변해 주세요.

돈테 님도 어여쁜 언니가 유혹하면 바로 호텔 침대로 뛰어드실 수 있나요?

사랑의 짝대기는 길이가 같아야 하는 열번째 이유.

잠이 안 온다...?
직감어린 제 진단으론 지금쯤이면 이별을 겪은 여자들이 헤어진 남친에 대한
그리움(물론, 좋은 쪽만은 아니겠지만...)이 한껏 맘을 뒤흔들어 놓을 시기인데,
혹시, 아린 님도 그런 심정에서라면 안돼요, 안돼!
생각만 해도 치밀어 오르는 억울함과 분노에 따지려 휴대폰을 만지작거리고 계
신 건 아니겠죠?

당장 내려 놔요.

헤어진 남자에 대한 가장 큰 복수는 바로 무관심이에요.
남친 또한 당신과 같은 생각으로 휴대폰을 만지작거리고 있을텐데...
다시 만날 생각이 없다면 아예 머릿속 지우개로 빡빡 지우세요.
그럼 언젠가 남자가 먼저 연락이 올겁니다.
물론, 그때도 관심을 끄고 핸드폰도 끄세요.
그럼 분명 집 앞으로 찾아올 겁니다.
그때도 역시나 무시하고 나가지 마세요.
그럼 당신의 집 앞에서 당신이 퇴근할 때까지 기다렸다 떡하니 앞에 나타날 겁
니다.
이때가 클라이맥스죠.
그냥 무시하고 들이가세요.
그럼 당연 붙잡고 늘어지겠죠.
당당히 핸드폰으로 112를 누르세요.
"저기요, 여기 스토커 좀 잡아가 주세요!"

놈 때문에 들이부은 알콜로 찌든 살이 날아갈 겁니다.

뭐, 내가 이렇게 얘기하면 백이면 백, 여자들은 말합니다.

"그 남자는 틀려, 자존심이 세서 절대 그러지 않아!"

하지만, 속는 셈 치고 한번만 믿어 보란 말에 그렇게 한 여자들은 얼마 후 저에게 연락이 옵니다.

"오빠~ 오빠~ 오빠~ 오빠 말이 맞았어! 다음엔 어떡하면 돼?"

호들갑을 떨면서 말이죠.

그러니 아린 님도 속는 셈 치고 한번 믿어보세요.

부디...

(나 이러다 남자들한테 몰매 맞는 거 아냐?)

그나저나 여자들의 연애 공식 기초가 튕기기 작전이라니...

생각해 보니 남자들이 어느 정도는 그 작전에 말려들기는 하는 것 같네요.

하지만, 여러 번의 연애경험을 거치면서 남자들이 터득하는 노하우 중 하나는 "빠른 포기가 더 많은 인연을 만든다."라는 사실도 잊지 마세요.

튕기는 것도 사람보고 가려가며 적당히 해야지 괜히 애달프게 했다가 애타는 수가 있으니, "이 남자다!" 확신이 갈 땐 감정을 숨기지 말고 솔직하게 대했으면 해요.

뭐, 그렇다고 만난 당일 맘에 든다고 대뜸 고백하라는 건 아니에요.

남자가 조금씩 마음을 표현해 나갈 때 최소 절반정도의 호응은 보내주라는 거죠.

어찌됐든 친구놈은 졸지에 잘 해 주고도 욕 먹는 꼴이 된 거네요.

남자들이 숙지 해야 할 새로운 연애 공식.

"사랑을 얻고 싶으면 그녀의 자원봉사자가 되라!"

손해 본다는 생각도 억울하다는 마음도 갖지 말고 그냥 참고 또 참으며 봉사한다는 마음으로 대하다 보면 표창장 수여와 함께 입맞춤의 부상을 안기는 그녀를 맞이하게 된다.

꼭 명심하겠습니다.

자, 그럼 밤도 으슥한데 야릇한 질문에 답해 볼까요. ㅋㅋㅋ

남자들이 감정 없는 여자와 하룻밤을 보내는 이유...

아린 님 말이 맞아요.
본능에 지배 받은 거죠.
이성과 도덕성에 도전장을 던진 본능이란 놈이 생각보다 워낙 강한 녀석이거든요.
뭐, 최홍만과 제 조카(6살 난 여자)와의 씨름 대결 정도.
한마디로 잽이 안 되는 거죠.
물론 그 과정 속에서 남자는 양심적 갈등을 합니다.

이건, 아니야...
이러면 안돼...는데...
안...돼...돼...!?
돼... 돼... 에라, 모르겠다...
(이상 남자의 심리적 변화 과정이었습니다~)

그리고 일이 끝난 후(?),
본능이 아닌 본성을 되찾죠.

아이씨, 내가 왜 이랬지...
미쳤어, 미쳤어...!

한 마디로 몸이 하는 일이라 제어가 힘들다는 말씀.
거기다 대다수 그런 잠자리는 술자리를 통해 이루어지다 보니 더욱 자제력을
잃기 쉬운 거죠.

"에이, 그래도 분명 어딘가엔 그렇지 않은 맑은 영혼의 소유자가 있을거야."
라며 미련을 못 버리시는 여성분들...

물론 있죠.

모텔비 아까워 쩔쩔매는 자린고비, 쫌생이 행님.
여친과 데이트하기도 빠듯한 7년 째 백수.
모텔비 낼 돈 자체가 없는 신용불량자.
어때요? 함 만나보시렵니까?
마음만은 안심, 놓으심, 편안하심인데~

기왕 자극적인 질문한 거, 저도 하나 던져 볼까 하는데...
참고로 저는 이런 생각을 가진 사람이 아님을 누누이 밝힙니다.

남자들 세계에선 "여자가 입술을 허락하면 모든 걸 허락한 거다"란 속
설이 있는데...
과연 맞는 말인지 조심히 답변 부탁드려요?

그리고 추가로 연애한 지 얼마정도 지나서 첫 키스를 하는 게 좋은 건지...?
평소 여자들이 꿈꾸는 키스 장소나 분위기는 어떤 것인지도 좀 알려주세요.

여자가 입술을 허락하면 모든 걸 허락한 거다?

착각은 금물!

사랑에 관한 모든 몸짓이나 감정의 표출은
적절한 타이밍이 중요한 것 같아요.

3일 후, PM 1:00 아린의 열. 한. 번. 째. 편. 지

오늘은 카페에 앉아 돈테 님께 편지를 쓰고 있네요.
밖은 봄을 시샘하는지 매서운 바람이 불고 있어요.
이러다 예쁜 꽃들 다 지는 건 아닌지...

사실 돈테 님의 메일은 판도라의 상자를 열어 보듯 혼자 있을 때 열어봐야
제 맛(?)인데 친구가 약속 시간이 조금 늦는다기에 아무도 못 보게 최대한
몸으로 가리면서 몰래 읽어 보고 몰래 쓰고 있어요. 스릴만점!

그런데 제 옆 테이블에서 애정행각을 일삼는 커플 때문에 신경이 너무 쓰이
네요. 확! 한마디 할 수도 없고 벌건 대낮에 저... 무슨짓인지...

맞다!
일단 질문에 대한 답을 하기 전에
너무 큰 오해를 하고 있는 것 같기에 말씀드립니다.

저는 떠난 버스엔 미련 두지 않는 여자입니다.
쿨하게 버스정류장에서 음악 들으며 다음 버스 오길 기다리는 여자죠.

그러니 잠 못드는 새벽에 전화기 붙들고 전전긍긍할 거라는 상상은 멈춰 주
세요.

돈테 님의 이번 질문이 ‘kiss’ 인걸 보니..
그 마음에 드는 나무에게 도끼질을 성공하신건가요?
그리고 다음 진도를 나가시려는? 어머! 어머! 어머!
그렇다면 이렇게 공개된 장소에서 논할 얘기가 아닌데...
옆 테이블도 돈테 님도 부럽네요...^^

그런데 돈테 님은 남자라서 그런가. 가끔 위험한 생각을 물어보시는 것 같 아요. 여기서 위험한 생각이란!

'남자들은 그게 정답이라 믿으며 큰소리 떵떵 치지만 현실은 오싹하도록 정 반대라는 것'

남자들의 위험한 생각 중 이번 질문은 한 여덟 번째 쯤에 있는 항목이예요.
'여자가 입술을 허락하면 모든 걸 허락한 거다!'

이 생각을 하는 남자들에게 얘기해주고 싶네요.

착각을 이만 끝내라고!

여자들은 첫눈에 파파팍! 하고 전기가 통하는 운명의 남자를 기다려요.
남자들은 이런 여자들에게 얼른 꿈에서 깨라고 얘기하고 싶겠지만
운명의 기다림이 꿈이라고 부정해도 어릴 때 읽었던 동화들의 잔상 때문일
까요 아니면 금성에서 살아서 그럴까요. 어쨌든 운명의 상대를 기다리는 마
음은 여자들 마음 한구석에 자리 잡고 있어요.
지워지지 않는 문신처럼.

아무리 궁한 여자라도 키스했다고 해서
'당신에게 저를 드립니다.' 하고 얘기하는 건 아니예요.

그 순간의 분위기나 감정에 쉽게 빠지는 것도 여자이긴 하지만 갑자기 이성
이 툭 하고 튀어나와 감정을 제어할 수 있는 것도 남자보단 여자랍니다.

만약 키스를 한 상황이 쿵쾅대는 음악과 화려한 조명이 분위기를 업 시키는
장소라고 가정을 해보죠.

술기운에 취해, 분위기에 취해 키스를 했지만 막상 이 남자는 그냥 아니다 싶은 생각이 들 수도 있다는 거죠.

그 반면 남자들은 당장의 욕구 해소를 위해 좀 더 간절히 바라겠죠? 그러다 간 길거리에 버려질 수도 있어요. 여자는 '연락할게' 라는 말만 남기고 냉정하게 택시를 타고 슝~ 가버릴 테니까요.

그러니까 '키스를 했다고 그 여자를 다 가졌다.' 라는 위험한 생각은 접어두 시구요.

'첫 키스의 타이밍' 에 대한 질문에 대한 답은
아무래도 서로의 감정을 확인한 후에 하는 게 좋겠죠.

그 기간은 커플마다 다를 테고 여자마다 다를 테니까 돈테 님의 감을 믿으셔야 해요.

사랑에 관한 모든 몸짓이나 감정의 표출은 적절한 타이밍이 중요한 것 같아요.
그 타이밍을 못 맞춰 헤어지는 커플이 많으니까.
그런데 그 타이밍은 무슨 수학공식처럼 정해져 있는 게 아니라 서로의 감정이 느끼고 몸이 느끼고 서로의 눈빛이 애기할 때라는 거죠.

그 타이밍은 닥치면 알지 않나?
저도 예전 남자친구와의 첫 키스의 순간을 떠올려 보면... 왠지 오늘 첫 키스를 하게 되겠구나... 하는 느낌이 있던걸요? 아닌가?

이 '첫키스의 타이밍' 에 대한 제 대답은 상대방의 감정을 읽고 시기를 노리라고 하고 싶네요.

말은 참... 쉽죠?

그리고 장소는 어두침침하고 으슥하고 찝찝한 곳만 아니면 다 좋답니다.
하하. 다 좋다는 이 표현... 밝히는 여자 같은가요?^_____^

갑자기 키스에 관한 메일을 쓰다가 옆의 커플을 보니 더 눈꼴셔 죽겠네요.

애는 왜 이렇게 안 오는 거야. --+

근데 옆의 커플 때문에 궁금한 게 생겼네요.

요즘 시대가 시대이니 만큼 길을 가다 보면 한 몸인 양 찰싹 붙어서
얼굴이며 입술이며 정수리에 '쪽쪽쪽쪽' 짧은 키스를 하며 걷는 연인들을
심심치 않게 볼 수 있는데요.
(이때 자꾸 하이힐을 벗어 던지고 싶은 충동을 참느라... ㅎㅎㅎ)

여자들은 자기가 사랑하는 남자가 어느 정도 사회가 ok해주는 선에서
애정표현을 해주는 건 완전 감동하고 은근 바라거든요~
그래서 가끔은 스리슬쩍 애정표현을 유도하기도 하는데요.

그런데 그때 남자들은 '왜 이래... 부끄럽게' 라고 해서 여자들을 뻘쭘하게
하는 경우가 있어요.

말을 하지 않더라도 은근히 몸을 뒤쪽으로 뺀다든지. 주위를 두리번두리번
살핀다든지. 이럴 때 정말 여자는 '이 남자는 날 사랑하지 않는 건가?' 라는
생각에 우울해 지곤 한답니다.

뭐 우리나라가 공개적인 애정표현에 아직 익숙한 건 아니지만
남자들이 좋아하는 공개적인 애정표현은 어디까지 인가요? (상상만 해도 좋
다며... ㅋ) 그리고 여자들이 먼저 키스하자고 하면 '이 여자 너무 밝히는 거
아냐?' 하고 속으로 생각할까요?

옆 테이블의 남자분은 공개적인 애정표현을 무지 즐기는 듯 보이네요.

쩝...

남자가 여자 친구에게 하는 '미안해'는 과연 진심일까?

남자의 "미안해"란 말에 대한 진실성 여부는
사실 여자하기 나름입니다.

벌써 새벽 3시네요.

거의 매일 12시가 넘은 시각에 돈테 님에게 메일을 보내던 버릇이 있어서 그런지 들어와서 씻고 노트북을 켰어요.

그리고 그냥 궁금한게 하나 있어서 메일 보냅니다.

며칠 전 일을 하다가 인터넷 기사에서 '남자들의 거짓말' 이라는 기사를 보게 되었어요. 늘 기획기사로 보게되는 건데 또 나도 모르게 클릭을 하게되더라고요.

그 기사에서 남자가 여자친구에게 하는 거짓말 1위는 역시 '미안해' 라고 하더군요.

미안해...

저는 이 말을 제일 싫어하거든요.
특히 제 남자친구가 하는 말은 제일 듣기 싫더라고요.
미안해라는 말밖에 할 줄 모르는 사람처럼 남자들은 곤란한 상황에서는 무조건 이 말부터 하는 버릇이 있더라고요.
그런데, 정말... 미안해라는 말이 거짓말인가요?
그냥 그 순간을 벗어나기 위한 단어일 뿐인가요?

미안해라는 말은 가족에게도 진심으로 꺼내기 어려운 말인데...
어떻게 말하는 '미안해'가 진짜 미안해이고 어떻게 말하는 '미안해'가
거짓말인가요?

다 거짓말이라고 하면 남자를 사귀다가 '미안해'라고 말을 꺼내는 순간
정나미가 뚝 떨어져서 이별을 해야만 할 것 같아서요. 괜히 그 기사를 봤
나봐요.

돈테 님, 남자에게 '미안해'는 어떤 의미인가요?

열한 번째 그리고 열두 번째 답장.

미안해요, 왠지 넘지 말아야 할 선을 넘어 버린 것 같아...
하지만, 머리는 말리는데 손이 자꾸 가는 걸 어떡해요...
정말 죄송해요. ㅜㅜ
이러면 안 되는데, 자꾸 자꾸 아린 님의 모습을 저도 모르게 떠올리다 혼자 막
연히 한켠에 놓인 메모지에 당신을 그리고 있네요. ㅋㅋㅋ
아린 님의 편지를 읽다 보니 문득, 우연히 시작된 우리의 편지가 여기까지 온데
대해 신기하단 생각이 들었어요. 무엇보다 막연했던 아린 님에 대한 모습이 비
록 제 상상이지만 나름 그려지는 걸 보며 묘한 웃음이 나오는 거 있죠. ^^

제 추리가 맞다면 아린 님은 분명 계란 한 판은 넘으신 분 같아요.
떠난 버스에 미련을 두지 않을 정도로 이상과 현실 사이의 경계를 구분 지을 정
도라는 건, 최소 30년 이상의 연애 장인 정신으로 단련된 경험이 있어야 가능
한 내공이라 여겨지거든요. 그리고 머리는 긴 생머리일 것 같고, (요건 예전 답장
에서 올백으로 머리를 질끈 묶었다는 말을 듣고 예상컨대...)
음, 얼굴은 계란형에...
에구구, 왠지 너무 멀리 온 느낌이... --;;
궁금증에 대한 갈구는 어쩔 수 없는 본능인가 봐요.
얼른 답변이나 드리겠습니다.

남자들이 생각하는 공개 애정 표현의 수위...?

뭐, 아린 님의 옆에서 염장질 하고 있는 커플의 애정 행각 정도...
짧은 키스 정도인 거죠. (그 이상은 엄연한 경범죄 대상이 되는 애정 행각이라 예의
따지시는 어르신들이라도 만나면 한소리 하십니다. ^^)

만약, 영화에서처럼 공개적인 장소에서 진한 키스를 받고 싶다면,
방법은 간단합니다.

애간장을 녹여 주체 못한 남자가 스스로 당신의 입술을 덮치도록 하는 거죠.
애정 진도에 뜸을 들이세요. 예를 들면, 여자의 직감처럼 남자가 키스를 마음먹
고 있다고 느낄 때 애써 모른 척 반응을 보이지 마세요. (왜 괜히 집 앞에서 헤어
지기 전에 쭈뼛된다거나 하는 짓 말이에요.) 집 앞까지 바래다주는 남친에게 아쉬움
을 주세요. 그렇다고 그냥 집으로 들어가지 마세요. 그랬다가 남자가 제 풀에
포기하고 냉큼 맘까지 접는 수가 있으니까요. 적당히 희망의 여운은 띠우는 거
죠. 잘 가라는 인사와 함께 집으로 들어갔다 몰래 되돌아 와 남친의 등을 치며
놀래킨 뒤 멘트를 던지세요.

"정류장까지 바래다줄게."
"됐어, 추운데 들어가..."
"싫어, 조금이라도 같이 있고 싶단 말야."(요때, 콧소리 가득한 애교톤은 필수!)
하고 슬쩍 손을 잡으세요.

정류장으로 가는 동안 키스를 할까 말까 망설임에 남자의 심장은 쿵쾅쿵쾅 뜁
니다.

요짓을 서너 번 하고 나면 어느 순간 한계점에 다다른 남자가 당신의 입술을 집
어 삼킬 겁니다. 이 순간만은 남들의 시선은 눈에도 안 들어옵니다. 어차피 어
렵게 저지른 일, 언제 다시 올지 모를 기회란 생각에 한동안 쭉쭉 해댈 겁니다.
(딱히 떠오르는 표현법이 없어서리...^^)

요때, 살짝 당황하는 듯한 짧은 몸짓은
남자를 더욱 자극하는 첨가제란 사실 잊지마세요!
순간, 당신의 매력에 풍덩 스킨 스쿠버를 해댈 겁니다.

여기서 부터 중요한 건, 스킨스쿠버도 몇날 몇일을 연속으로 하다보면 쉽게 싫증이 나듯 적당한 템포 조절을 해가며 진행하심이 평생 비너스로 살아갈 수 있는 방책이 아닐까 싶네요.

그리고 키스를 제의(?)하는 여자에 대한 남자들의 생각에 대해 물으셨는데, 일단 결론부터 말씀드리자면 "매력 없음!"입니다.

남자들은 알다시피 정복욕을 통해 만족을 느낍니다.
그런데 여자가 먼저 적극적으로 스킨쉽이나 키스를 감행해 온다면
그건 북한 도발에 버금가는 불편한 도발 인거죠.
한순간 매력이 화악~ 떨어지는 거죠.

심한 경우 "얘 놀아본 여자 아냐?"라는 의구심을 가질 수도 있고요.
특히나 첫 키스에 대한 거라면 절대금물!!!
명심 또 명심하세요.
그렇다고 입구멍 닫고 살란 말은 아닙니다.
첫 키스 이후의 애교 있는 입맞춤 정도는 매력 있는 행동이니까 해도 되고요.
혹시 좀 더 빠른 진도를 원하신다면...
제가 다른 여자한테 귀띔해 준 방법 중 하난데,
팝송 중에 Blink의 "Kiss me"랑 Sixpence None The Richer의 "Kiss me"라는 노래가 있어요. 노래방 가서 가사 중에 "Kiss me"가 나올 때 마다 키스를 하세요.
타오른 열정이 당신을 번쩍 안고 오붓한 곳(?)으로 향할 겁니다.^^

또 다른 편지로 물어 오신 답변도 이어서 할게요.
남자들의 편을 들어서가 아니고 "미안해"라는 말에 진짜, 가짜가 있는 건 아닙니다. 진실의 무게감에 다소 차이가 있어서 그렇지...
남자들의 입에서 나오는 미안해란 말에 진실성은 분명 존재합니다. 아무리 자주 "미안해"라는 말을 하더라도 분명 거짓으로 하는 경우는 거의 없습니다.

그리고 그 진실의 무게감의 차이는 그 남자의 성격과 스타일에 따라 정말 다양하답니다. 평소 무뚝뚝한 남자가 툭 하고 던지는 "미안해"란 말은 보기와는 달리 정말 진심을 담은 사과의 의미가 큰 반면 활달하고 애교 있는 남자의 눈물어린 "미안해, 정말 미안해, 다시는 안 그럴게..."란 말은 도리어 그 무게감이 떨어지는 경우가 있을 수 있는 것처럼요.

그리고 냉정히 말씀드리면 남자의 "미안해"란 말에 대한 진실성 여부는 사실 여자하기 나름입니다. 바로 남자의 첫 사과에 대해 어떻게 대처하느냐에 따라서 말이죠.

보통 남자가 처음으로 잘못을 해 사과를 할 때면 맨 입보단 선물을 함께 동반하는 경우가 많습니다. 그것도 평소 여친이 가지고 싶어 하던 물건으로 말이죠. 이때 어떻게 반응하느냐에 따라 향후 든든한 머슴을 얻느냐, 진사댁 망나니 막내아들 뒤치다꺼리를 하느냐가 정해지는 거죠.

예를 들어 괜히 속 좁아 보일까 봐 '처음이니까 봐 주지 뭐'란 생각으로 쉽사리 선물을 받으며 용서를 해 주면 남자는 그 순간 확신에서 비롯된 못 된 버릇이 생깁니다.
'역시 김중배의 다이아 이긴 여자는 없어, 너 역시 마찬가지구나' 그러곤 또다시 잘못을 저지르게 될 상황에 처하면 '뭐 선물 사주면서 사과하면 당연히 용서 해주겠지' 라며 말이죠.

그러니 좀 고민하는 척 하다 사과는 받되 선물은 정중히 거부하세요.
그럼 남자는 당황하다 '얘는 다르구나' 라고 느끼며 앞으로 조심해야겠단 스스로의 반성과 다짐을 할 겁니다. 그리고 더욱 진심을 담은 사과와 함께 기왕 산 선물이니 받으라며 억지로 건넬 겁니다.

그때 못이기는 척 선물을 당신의 품으로 안으세요.
그리고 한마디 던지세요.

"너 맘에 안들 때 마다 이 선물 가지고 나올테니까 이게 반성문이라고 생각하고 앞으로 잘해!"
이로써 아린 님은 노예계약서에 서명한 진정한 머슴을 얻는 겁니다.

선물 없이 사과를 해오는 상황이라도 역시 마찬가집니다.
당장 사과를 받아들이고 싶더라도 참고 잠시 생각을 해 봐야겠으니 하루만 시간을 달라고 하세요. 그 하루가 남자에겐 한 달과 같이 느껴질 거예요.

다음 날 다시 만난 자리에서 화가 아닌 한통의 편지를 건네세요.
"내가 바라는 남자는 돈 많고 능력 있는 남자가 아냐, 그리고 무엇보다 '미안해' 란 말을 하는 남자는 무엇보다 더욱 아냐. 난 내가 '고마워' 라고 말할 수 있는 남자를 원해. 앞으로 나도 '미안해' 란 말보다 '고마워' 란 말을 들을 수 있는 여자가 될 테니 오빠도 앞으론 그런 남자가 되어줘."
무릎 꿇을 각오로 나왔던 남자의 눈에 당신은 성모 마리아만큼이나 위대해 보이는 건 물론, 평생 아끼고 보호해야 할 자신만의 보물로 여겨질 겁니다.
한마디로 자신의 모든 걸 주어도 아깝지 않은 맹신도가 되는 거죠.

에고고... 이상 유난히 긴 답변이었습니다.

자, 이제 저의 궁금증 보따리를 풀 차례네요.
아린 님, 저에겐 오랫동안 알고 지낸 여동생이 있습니다.
한데, 그 여동생이 저에게 호감을 가지고 있단 사실을 얼마 전에 우연히 알게
됐어요.

좋은 일이라고요?

물론, 누군가가 날 좋아해주는 건 행복한 일이죠.
문제는 저에겐 그 친구가 여자로 보이지 않는다는 거예요.
거기다 더욱 큰 문제는 저의 맘에 그 여동생의 친한 친구가 들어왔다는 겁니다.
여동생의 맘을 알기 전까지는 기회를 봐서 상황을 설명하고 도움을 요청하려
했는데... 사실을 알고 나니 어찌해야 할지... ㅜㅜ

참으로 답답하고 난감하네요.

사랑을 고백해오는 여자에게 상처받지 않게 거절하는 방법 좀 알
려주세요. 그리고, 방법이 있다면 날 좋아하는 여자의 친한 친구에게 맘을
전하는 묘책도...

부탁드려요.

짝사랑은... 마음이 아픈 것이거든요.
특히나 받아 줄 사람은 마음도 없는 경우엔 더더욱...

CHAPTER 15.

사랑 고백하는 여자에게 상처주지 않고 거절하는 방법

3일 후 아린 의 열. 세. 번. 째. 편. 지

알고 보니 돈테님이 '돈키호테' 가 아니라 '카사노바' 가 아닌지요.
닉네임을 바꿔 드려야 할 듯 싶어요.
제가 지금 남자들에 관한 질문을 '선수' 한테 하고 있는 건 아닌지
갑자기 뒷골이 서늘해지는 이 느낌은 뭘까요?

최근에 돈테 님의 레이더에 최소 2명 이상의 여자가 있나 봐요.
아님,
돈테 님이 외로움에 몸서리를 치는 시즌이시거나.

.

.

.

최근에 사귄 남자친구와 헤어진 이유가 마음을 나누어 주는 사람이어서 그
런가요. 왠지 비슷한 사람에게 제 이야기를 털어놓는 느낌이 들었어요.

그 레이더에 혹시 저는 없겠죠? 안 걸리게 피해 다녀야겠어요.
저를 상상하시는 건 스탑해주세요~
저는 결코 남자들의 상상 속에 나오는 여자도 아닐뿐더러 '미안해' 를 남발
하는 '카사노바' 는 사절이거든요.

돈테 님이 이번에는 자신을 좋아하는 친한 동생의 친구에게 마음이 있다...
그 동생분의 입장에서는 무척 안타까운 상황이네요.
같은 여자로서 그 동생분이 좀 더 유리한 상황이기만을 바랄 뿐이네요.

짝사랑은.. 마음이 아픈 거 거든요.
특히나 받아 줄 사람은 마음도 없는 경우엔 더더욱...

이번 질문에는 제가 돈테 님께 되묻고 싶네요.

그 동생분이 왜 싫은 건가요?
그렇게 자신을 향한 마음을 알면 '난 너에게 동생 이상의 감정 없어' 라고
정확하게 정리를 해주면 그 동생분도 마음을 접을 텐데...

자꾸 헷갈리게 데이트 하듯 만나면 챙겨주고 고민 상담해주고 하면..
그건 돈테 님이 반칙이에요.

그 동생분 친구에게 마음을 전하기 전에.
먼저. 동생분과의 관계를 정리하는 게 먼저인 것 같아요.

그 동생분을 착각하지 않게 정확하게 정리를 하신다면 그 이후에 동생친구
에게 마음을 전하는 방법을 알려드릴게요.

혹시나...
그 동생분이 마음에 상처를 입고 돈테 님과 어색해질까봐 걱정하신다면 그
건 한순간이니까 먼저 동생분에게 정확하게 얘길 해주세요.

오늘은 왠지...
그냥 돈테 님과 이런 이야기를 나누는 게 맞는 건지 의심이 드네요.

아님 남자들은 다 똑같은 건가....

일주일 후...

허걱...;;

답장을 받고 적잖이 당황 아니 솔직히 말해 난감했어요.

일단, 저의 변명도 아니고 그렇다고 아린 님에게 잘 보이고 싶은 포장도 아니에요. 저 카사노바 아닙니다!

몰라, 여자들이 바라보는 관점의 카사노바가 어떤 건지 모르겠지만, 어쨌든 누군가를 간 본다거나 여러 여자를 마음에 담아두는 그런 감정을 분배 할 공간을 나눠 둘 정도로 약거나 현실주의자는 못돼요.

뭐, 아린 님 말대로 그녀가 마음에 상처를 입거나 저와 어색해질까봐 하는 우려감은 없잖아 있지만...

여하튼 자꾸 말하면 변명 같지만 오해는 마셨으면 좋겠네요.

사실, 아린 님 답장 받고 저 또한 망설였어요.

내가 이런 오해를 받을 정도로 잘못했나?

그리고 이 여자에게(괜히 욱한 맘에...) 굳이 내가 변명하고 계속 메일을 주고 받아야 하나?

그런데 아린 님의 편지를 조목조목 다시 읽다 보니 같은 여자로서 아린 님이 이렇게 흥분하는데 당사자인 그녀는 어떨까? 내가 느끼고 있는 것보다 더욱 힘들겠구나 라는 생각을 하게 됐어요.

그래서 고민 끝에 저녁이나 먹자며 그녀를 불러냈어요. 그리고 여느 때처럼 잘 가는 파스타 집에서 웰빙 신메뉴를 맛나게 먹고 수다를 떨며 기회를 엿봤죠. 후식으로 나온 허브차를 음미하며 자연스럽게 얘기를 꺼냈어요.

“아참, 너 소개팅 안할래? 친한 동생이 소개팅 시켜 달라는데 왠지 너랑 잘 어울릴 것 같은데...”

사실 나에게 대놓고 좋아한다 고백 한 것도 아닌데,
“난 널 동생 이상으로 생각한 적 없어, 그러니 그냥 우리 지금처럼 오빠동생으로 지내자.”
이건 좀 아니잖아요.
그래서 우회적으로 돌려 말했죠.
선택은 그녀가 하는 거니까요.
잠시 머뭇거리던 그녀로부터 생각해 보겠다는 답이 돌아왔습니다.
그리고 다음날 오후에 전화가 왔어요.

소개팅 하겠다고.

그녀의 의도(?)는 모르겠지만 여하튼 소개팅을 하겠다고 하니 어느 정도 맘을 정리한 게 아닐까 싶네요. 물론, 그녀와 계속 좋은 관계를 유지하려면 저의 태도도 좀 달라져야겠단 생각도 했어요. 분명히 선을 긋고 만나야겠다는...
무엇보다 빨리 여친을 만들어야겠어요.
괜한 오해 사지 않게.

아무튼 계기를 만들어줘서 고마워요.
그럼.

P. S ——
아린 님이 계속 편지를 주고받고 싶으시다면 답장을 주세요.

아니라면…

글쎄요, 왠지 씁쓸하고 살짝 허망한 마음도 들겠지만 기냥 받
아들여야죠 뭐.
만약 그때를 대비해 미리 작별인사 건넬게요.
그간 우연히 시작되긴 했지만 저 또한 아린 님 덕에 여자의
속내에 대해 좀 더 알 수 있는 유익한 시간이었어요.

감사합니다.

짝사랑은...
마음이 아픈 것이거든요.

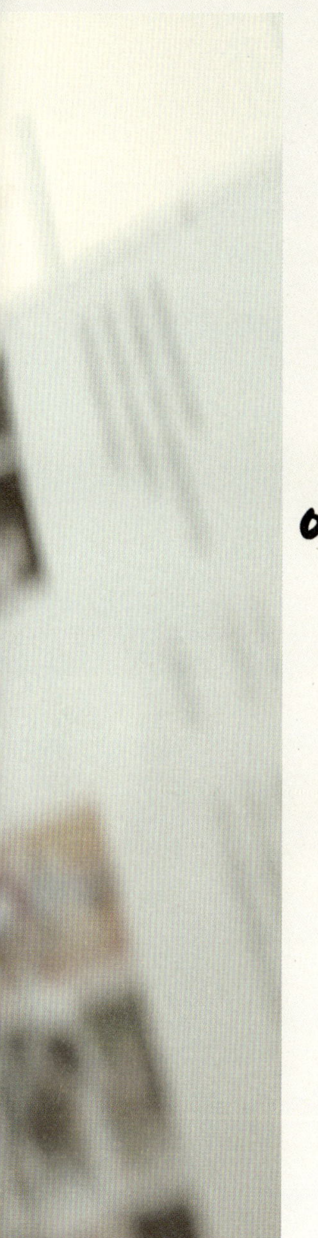

남자들은 왜, 옛 애인과의 사진을 쉽사리 버리지 못하는 걸까?

오랜 연인에 대한 추억은
비상구급약 같은 거라고 보시면 돼요.

3일 후, 의 열. 네. 번. 째. 편. 지

저도 편지를 그렇게 보내놓고
너무 감정적으로 편지를 써서 보낸 거 아닌가 하고 후회를 했더랍니다.

우리의 편지들이...
그냥 냉정하게 남녀의 피하고 싶은 진실을 알려주기로 하고 시작한 건데 말이에요.

그래도 그 동생분은 시간이 지나면 돈테 님에게 고맙다고 말할 거예요.
그 동생분이 소개팅을 하겠다고 한건 일단 돈테 님이 자신에게 마음이 없다는 사실을 알았으니까 하겠다고 한 거구요.

사람은... 사람으로 잊는 게 특효거든요.
'사랑이 다른 사랑으로 잊혀지네' 라는 노래도 있잖아요.

그리고 보면 유행가 가사들에 우리들이 찾는 정답들이 다 나와 있을지도 모르겠어요.

갑자기 문세 아저씨와 승훈 오라버니의 노래가 듣고 싶어지네요.

어쨌든 적을 알아야 백전백승 이라는 말도 있잖아요.
상처받기 쉬운 이 세상을 살아가면서 조금이라도 상처 덜 받기 위한 남자사용설명서!
앞으로도 돈테 님 잘 부탁드릴게요.

하림의 노래를 듣다 보니 오늘은 이게 궁금해지네요.

사랑이 다른 사랑으로 잊혀지는 거... 아닐 수도 있겠다는 생각이 들어서요.

제 주변에 200일 넘게 사귀고 있는 커플이 있는데요.
그 남자의 스마트폰에 예전 여자친구의 사진이 보관되어 있는 걸 발견했답
니다.

여자의 직감이 이럴 땐 웬만한 '무당' 뺨치는 수준이라 누군지 물어봤고
혹시 또 다른 곳에 보관되어 있지 않나 물어봤더니 컴퓨터 안에 예전 사귀
었던 여자친구들의 사진을 다 보관하고 있었다는 거예요.

그러면서 '과거는 과거일 뿐인데 왜 사진 때문에 우리가 싸워야 하냐' 고
오히려 큰소리를 치더래요.
예전의 좋은 기억을 잊는 게 두려워서 일까요?
아님 원래 예전에 사귀었던 여자들의 사진들을 보관하는 게 남자들의 습성
인가요?

편지들이나 받은 선물들은 추억을 보관해 두는 거라 말할 수 있겠지만
사진은 좀 다른 의미인 것 같은데...

돈테 님~
예전에 사귀었던 여자들의 사진을 버리지 않고 보관해 놓는 남자들의 마음
은 뭔가요?

사랑을 찾아 헤매는 지구별 연인들에게
예방접종이 되길 바라는 열네 번째 답장

또 한 번 뭐지?

생각보다 쿨하신 건지 아님, 제가 어색해 할까봐 부러 담담히 대하시는 건지...

여하튼, 계속해 이렇게 편지를 이어 갈수 있다는 게 내심 다행이네요.

(솔직히 왠지 답장이 올 것 같은 막연한 느낌은 있었어요. 왜일까? ^^)

어찌되었든 우리 서로 열심히 해보죠.

아자! 아자! 홧팅! ^^

Q : 남자들은 왜, Why, 옛 애인과의 추억이 깃든 물건이며 사진을
쉽사리 버리지 못하는 걸까?

A : 언젠가는 버릴 겁니다.

단, 그게 언제가 될지는 며느리도 몰라, 자식도 몰라, 한 시간 전에 내림굿 받은
무당도 몰러!

아린 님이 말씀하신 대로 여자들은 헤어지면 남자에 관한 모든 추억이나 물건
들을 지우거나 버리거나... 또는 험한 악담과 함께 우편으로 돌려보내죠. (얼마
전 만난 후배가 헤어진 남친에게 멀리 호주로 특급 배송 보내고는 후련해 하는 걸 보고
허걱했던 기억이...)

그에 반해, 남자들은 추억이나 물건들에 암호를 채워 꼭꼭 잠궈 두거나, 태연히
가지고 다니거나... 때론 지금의 여친에게 선물하기도 하죠. (요건 극히 일부!)

그렇다고 해서 지금까지 사귄 모든 여자들에 대한 추억들을 간직하는 건 아닙
니다.

보통 사귄 기간이 꽤 오래 되었거나, 남자 자신의 잘못으로 인해 헤어졌을 때
그럴 확률이 큽니다.

오랜 연인에 대한 추억은 비상구급약 같은 거라고 보시면 돼요.

솔로일 때는 일상에 힘들고 지칠 때 추억들을 꺼내어 보며 위안을 얻고, (특히
사진은 그녀를 떠올리기에 가장 좋은 물건이니 더욱 애착을 갖죠.) 그리고 연애 중에
는 지금의 여친과 사이가 좋지 않을 때 비교 대상으로 삼는 안정 효과 100%의
특효약이 되는 거죠.

희박한 일이지만 여친과 아주 심하게 싸운 날이라면 옛 애인의 사진을 보며,
"너 만한 여자도 없었는데…"
후회어린 마음에 어느샌가 그녀의 핸드폰 번호를 누를 때도 있죠.
하지만, 대다수의 남자들은 자연스레 새로운 연인이 생기면 괜한 불씨를 만들
지 않기 위해 알아서 정리를 합니다.

그런데 후배분의 경우는 좀 다른 케이스인 것 같네요.
200일이나 됐는데 과거 여친의 사진이 저장되어있다…?
그 경우는 제가 봤을 때, 다음 둘 중 하나가 아닐까 싶네요.

먼저, 여자의 잘못으로 헤어졌을 때입니다. 예를 들면, 여자가 바람을
핀 경우를 들 수 있겠죠. 여자를 너무 사랑하기에 두 눈 꾹 감고 용서해 주려
하는데, 미안한 맘에 여자가 받아들이지 않는 거죠. 끝까지 붙잡아도 결국 돌아
서 가는 여자를 바라보는 남자의 맘에 애절함과 아쉬움이 가득 쌓입니다. 무엇
보다 자신의 감정은 정리가 되지 않은 상태인데 그녀가 떠나갔기 때문에 스스
로가 이별을 인정하지 못하는 거죠. 고로 언젠가는 다시 재회할 가능성이 있단
막연한 기대감을 버리지 못하는 거죠. 그 상황이 왔을 때 그녀를 붙잡을 수 있
는 증거로 사진이며 물건들을 간직하고 있는 거죠.

"(물건들을 내보이며) 이것 봐, 난 지금껏 널 한 번도 잊은 적 없어. 지금까지도 그랬고 앞으로도 그럴거야, 그러니 우리 다시 시작하자... 응...?"

황당하시다고요?
물론 그러시겠죠.

하지만, 뭐 아린 님도 여자니까 아시겠지만 한번 떠난 여자의 맘이 다시 돌아올 확률은 로또만큼이나 힘들잖아요. 그런 만큼 그 추억들을 다시 끄집어 내는 경우는 거의 없습니다. 특히나 여친이 있는 경우에는 함께하며 추억이 늘어가는 만큼 과거의 추억들은 점점 설 자리를 잃고 사라져갑니다. 현실은 분명 후배분에게 있을 테니 남자를 좋아한다면 도리어 덤덤히 대하라고 하세요. 그럼 알아서 정리 할 겁니다.

다음으로, 이별의 원인이 두 사람이 아닌 외부적인 이유일 때입니다. 집안의 반대라든가, 여러 환경적 요인으로 서로가 안타깝게 이별을 했다면, 이 또한 남자의 맘에 재회의 가능성을 남겨놓죠. 문제들만 해결되면 언제든지 다시 재결합 할 수 있단 생각에 역시나 그때를 대비해 추억들을 간직하고 있답니다. 사실, 이런 경우는 과거 애인이 결혼을 하지 않는 이상 끝까지 미련을 버리지 못합니다. 그리고 현재의 여친을 떠날 확률이 매우 높습니다. 그러니 만약 후배분의 남친이 어느 날 연락이 없거나 돌연 이별을 고한다면 미련 없이 접으세요. 예전 그녀에게 "OK" 사인을 받는 순간 이미 당신이란 존재는 안중, 뇌중, 심중에서 완전 분해되었으니까요.

뭐야!? 그럼 지금껏,
"사랑한다."
"너 밖에 없어."
"널 위한 거라면 뭐든지 다 할게."
라고 한 건 다 거짓이었어!

NO!

단, 지금껏,
"사랑했어."
"너 밖에 없었어."
"널 위한 거라면 뭐든지 했었지..."

"하지만, 앞으로는 아니야!"
"미안..."

(괜스레 나도 미안하네... ㅜㅜ.)

얼른 분위기 돌려서 제가 어서 퍼뜩 질문하겠습니다.

답을 하다 떠오른 건데, 여자들은 남자에 비해 헤어지잔 말을 쉽게 꺼내진 않지만 한번 꺼내면 절대 다시 주워담지 않잖아요. 거기다 가끔은 남자가 홧김에 이별을 고한 걸 알면서도 냉큼 이별을 받아들이는 경우가 있는데... 여자들이 이별을 결심하는데 있어 가장 결정적인 이유는 뭔가요?

그리고 한번 내뱉은 이별선언을 되돌릴 방법은 없나요? 급한 성격에 이별을 내뱉었다 후회막급 전전긍긍하는 남자들을 위해 방법 좀 알려주세요...(아린 님 덕보게 되면 제가 그 친구들한테 수금해서 맛난 거 사 드릴게요.)

그 남자와의 사랑이 얄팍하다거나
소중하지 않아서가 아니라
마음의 장벽이 시키는 대로 하는 거예요

CHAPTER17.

여자들의 이별 대처법,
VS
남자들의 이별공식

3일 후 아린의 열. 다. 섯. 번. 째. 편. 지

돈테 님과 메일을 주고 받은 지도 꽤 시간이 흐른 것 같네요.
그 동안 제가 느낀 건 남녀관계란 풀려고 하면 할수록 더 꼬이는 실타래 같
은 것... 하지만 그 때문에 더욱 더 서로에게 빠져드는 것.

참... 이러지도 저러지도 못하는... 관계?
인류 최대의 미스터리?

그런데 돈테 님! 제가 편지를 할 것 같은 예감이 들었다고요?
어떻게 아셨을까? 벌써 제 속을 빤히 들여다보고 계시다니...
무섭습니다. ^^
하긴 제 속 얘길 그렇게 했는데... 아는 게 당연한 거 같기도 해요.

흠 그나저나 지난 여자 친구의 사진을 버리지 않고 가지고 있는 건 안 좋은
징조네요.

당장 전화를 해서 그 남자의 컴퓨터를 포맷시키라고 해야겠어요.
그런데 한편 이런 생각이 드는 건 왜일까요?

지금 내 남자친구가 예전 여자친구의 사진을 숨기고 있단 생각을 하면 부글
부글 화가 나는데 헤어진 내 옛 남자친구가 나의 사진이나 나에 대한 추억
들을 가슴 한켠에 품고 있을거란 상상(?)을 해보면 괜히... 그 남자가 고마워
지네요.

정말 입장에 따라 이렇게 손바닥 뒤집듯 기분이 바뀌는 거... 이거 남녀관계
라 그런 걸까요?
아님... 제가 이기적이라 그럴까요?^^

남자는 이별을 얘기하곤 후회하는 경우가 많은가요?

어떤 수단으로 '이별' 을 선택하는 건 위험한 짓이라고 생각해요.
진짜 서로를 사랑한다면 쉽게 '이별' 이라는 단어를 꺼내면 안된다고 생각
해요.

하지만!!
그 홧김이든, 아니면 여자친구의 관심을 끄는 수단이든 남자는 자신을 위해
'이별. 헤어짐' 이란 단어를 꺼냈을 테지만 그 말을 들은 여자들은 깊은 절망
의 나락으로 다이빙!!!

그 말의 진실성은 의심해 보지 않고 왜 절망에 빠지느냐...
바로 여자들은 남자들의 입에서 '헤어지잔' 말을 듣는 걸 두려워한답니다.
누구나 그렇겠지만 상처 받는 걸 두려워하는 여자들은 더 그 말을 피하고
싶어 하죠. 아마 사망선고 보다 더 듣기 싫은 말일 거예요.

그렇게 무서워하는 말이지만 여자들의 경우 언젠가 닥칠 그 순간을 늘 준비
해요. 만약 지금 내 남자친구가 '헤어지자' 라는 어마무시한 말을 꺼내면 그
땐 어떻게 할까? 하고 말이죠. 이건 여자들이 본인이 상처를 덜 받기 위해
세워 놓는 이기적 장벽중의 하나라고 할 수 있어요.

그 남자와의 사랑이 얄팍하다거나 소중하지 않아서가 아니라 마음의 장벽
이 시키는 대로 하는 거예요.

그 장벽들은 대체로 3단계의 이런 행동으로 나타나죠.
1. 연락을 피하다
2. 핸드폰을 바꾸고
3. 절대 남자친구와 마주치지 않도록 피해 다닌다.

1단계인 '연락 피하기'에서 남자들이 포기하면 바로 진짜 이별이 돼요.
연락 피하기는 남자의 이별에 대한 가장 약한 방어막이라고요.
계속 연락을 하고 찾아가면 이 장벽은 쉽게 무너지죠.

하지만 2단계부터는 극단적으로 헤어지고 싶다는 여자의 마음을 표현한 장벽이에요. 2단계부터는 그냥 포기하세요.
'이별'을 먼저 꺼낸 본인을 탓하면서.

그리고 현재 남자친구에게 그동안 만족하지 못한 경우
1단계를 뛰어넘어 바로 2단계 장벽을 세우죠.

여자들은 아무리 성격과 외모가 남자 같은 여자일지라도 상처를 쉽게 받는답니다. 그만큼 상처 받는 걸 두려워하기 때문에 1단계뿐이고 그 이후는 극단으로 바로 점핑하게 되는 것 같아요. 그러니까 농담으로도 '이별'을 얘기하진 마세요.

전 남자들의 이기적 장벽 하나에 대해 질문하고 싶어요.

어떤 남자는 사귀면서. 입버릇처럼 '나는 구속받는 걸 싫어한다' 라는 말을 한다는데, 사실 사귀다 보면 서로 구속하기도 하고 그러면서 정도 싹트기도 하고. 때론... 상대방에게 구속당하는 게 더 사랑한다 라는 느낌을 주기도 하잖아요. '아름다운 구속' 이라는 노래도 있는 것처럼!

그런데... 언젠가 도망갈 사람처럼 입버릇처럼 자신은 연애할 때 스타일이 구속받는 스타일이 아니라는 그 남자는 도대체 무슨 꿍꿍인가요?

연애하고 싶은 남자의 열다섯 번째
아.우.성

오래 기다리셨죠?

우선 핑계를 대자면 일주일 간의 지방출장으로 인한 밀린 업무 정리.

거기다 이틀 걸러 다녀 온 두 번의 장례식...

그리고 무엇보다 너무 부려먹었는지 시위하듯 갑자기 나자빠져버린 컴!

요놈, 고치느라 아주 진땀을 뺐네요. ;;

(파일이 날아가 버리면 어쩌나 노심초사, 에휴 손 동동... 발 동동...)

이런 이유로다가 답장이 좀, 아니 아주 많이... 늦었습니다~!

다시 한 번 진심어린 사과의 말씀 올리고 또 넙죽 올립니다.

알면 알수록 까면 깔수록 여자의 마음은 알쏭달쏭하고 어리둥절하네요.

이별을 대비한 상처 예방용 장벽이라...

정말 남자와 여자는 비슷한 듯하면서도 너무나 다르다는 걸 새삼 느끼게 되네요. 적어도 남자들은 연애하는 동안은 어디서 나오는 자신감인진 모르겠지만, 자신이 상처를 받을 거란 생각을 하지 않기에 예방책을 준비하거나 그러진 않거든요. 대신 나름의 이별 공식이 있긴 하죠.

팁으로 알려드리자면,

1단계

: 이건 여자와 똑같습니다. 일단 연락 회피!

2단계

: 이제 여기서부터 달라집니다.

연락 회피에 여자가 스스로 포기하고 이별을 고하면 웬 떡이냐며 그대로 OK!겠
지만, 눈치 없이 여자가 집이나 직장으로 찾아오는 상황에 놓이게 된다면, 주변
의 시선 탓에 일단 오해라며 여러 가지 핑계를 대며 위기에서 벗어나려 합니다.
"일단 진정하고, 자세한 얘기는 주말에 만나서 얘기하자."
따로 약속을 잡고는 여자를 돌려보내는 거죠.
사실, 요건 변명꺼리를 만들기 위한 시간을 벌기위한 수작이죠.

그리고 다시금 만난 자리.
남자는 육하원칙에 의거 이별 할 수밖에 없는 상황에 대해 철저하게 준비해온
멘트를 내던지죠.
그런데 너무나 남자를 사랑하거나 혹은 채무관계(농담입니다^^)...
여하튼 여자가 이별을 받아들이지 못하겠다고 하면 남잔 최후의 수단을 사용하
죠. 많이 겪어 보셨을 테지만...

바로, 시간 끌기 작전입니다.
"좋아, 그럼 우리 잠시 시간을 좀 갖고 서로에 대해 다시 한 번 생각해
보자."
"일단, 지금 닥친 일들 먼저 처리한 뒤에 연락할게. 그때까지만 좀 기다려
줘."
등등...
행여나 다시 직장으로 찾아 올까봐 미리 선수를 치는 거죠.
아시다시피 남자들은 주변에 대한 의식이 굉장히 크거든요.
그런 입장에서 괜스레 직장이나 주변 사람들에게 나쁜 이미지로 비춰질까봐 어
떻게든 조용히 그리고 다시 찾아올 일이 없도록 깨끗이 처리 하려는 거죠.
뭐, 이 정도 되면 대다수의 여성들이 눈치를 까고 맘을 접겠지만, 늘 예외라는
게 있는 법.

너무나 순진한 나머지 기다리란 말을 올곧이 믿는 여자가 있을 수도 있겠죠.
그러나 기다리는 것도 하루 이틀이지 그마저도 지친 여자가 더 이상 참지 못하

고 직장을 찾아가면 남자는 옳다구나 최후 수순에 들어가는 거죠.

"뭐야? 나에 대한 믿음이 이정도 밖에 안되는 거였어? 시간을 갖고 생각 좀 해 보자고 했잖아. 근데 그새를 못 참고 이렇게 찾아 오냐! 정말이지 실망이야! 그래 이럴 바엔 더 이상 서로 힘들어 하지 말고 그만 헤어지자!"

뭐, 그렇다고 무조건 남자들만 나쁜 건 아니에요.
역으로 이별을 당한 대다수 남자들은 아린 님 말마따나 언제든 이별할 준비가 된 여자들에 비해 훨씬 큰 이별의 진통을 겪으니까요. 어찌 보면 똑같은 거죠.

그럼 본론으로 들어가서,
"나는 구속 받는 걸 싫어한다."
라는 남자의 입버릇에 대해 파헤쳐 볼까요.

사실 드러내 놓고 이런 말하는 남자는 많지 않은데 혹시 아린 님의 과거사라면 헤어진 게 다행이란 얘기를 사전 귀띔해 드리고 싶네요.

남자가 대놓고 이렇게 말하는 데는 크게 세 가지 이유가 있지 않을까 싶네요.

1. 자기 잘난 맛에 사는 남자.

아시다시피 잘난 것들에겐 항상 나비들이 모입니다.
그러다 보니 언제나 여친이 존재했고, 그러한 상황이 당연하게 여겨지는 거죠. 그런 풍요를 누리다 보니 대놓고 "구속받는 거 싫어한다."고 당당히 말하는 거겠죠. 뭐, 싫으면 떠나가라 이거예요.
이런 콧대 높은 남자들은 의외로 휘어잡기 쉽습니다.
바로 "눈에는 눈 이에는 이" 작전을 쓰는 겁니다.
되받아 치듯 아주 쿨하게,
"잘됐네, 나도 구속받는 건 딱 질색이거든. 우리 서로 쿨하게 만나자!"
"!!!"

지금껏 여친들과는 다른 의외의 반응에 애써 태연한 척 하지만 속으론 적잖이 당황합니다. 그리곤 설마하며 지켜보다 막상 진짜 쿨하게 대하면 서서히 열불이 끓기 시작합니다.

"뭐야? 날 남친으로 생각하기는 하는 거야?"

끓어오른 열불은 결국 넘쳐흘러 급기야 제 풀에 나자빠진 남자는 얼마 못가 "나, 구속받고 싶어!"라며 아우성을 칠겁니다.

2. 주도권을 잡기 위해!

말 그대로 기싸움에서 선점을 하겠다는 의도죠.

"구속받는 거 싫어해 = 내가 하는 행동들 다 이해하고 받아줘, 싫음 말고!"

"정말 이 남자 아님 안 되겠어, 이 남자 없인 못 살 것 같아!"라고 한다면야 어쩔 수 없지만 그렇지 않다면 화병 나서 제명에 못 살수도 있으니 지금 당장, "미친놈!" 주먹 한 방 날리고 돌아서세요.

순간 당신의 수명은 70년 연장 됩니다.

3. 진짜 할 일 많고, 놀일 많아 미리 빠져나갈 구멍을 만들어 놓기 위해!

일단, 이런 남자는 매일매일이 선거 출마자만큼이나 바쁩니다.

어찌 그리 만날 사람도 많은지...

무슨 할 일은 또 그렇게 많은지...

거기다 취미생활마저 너무나 다양하죠.

특히, 낚시나 스포츠 같은 하필 여자들이 함께 하기 힘든 취미를 가지고 있는 경우가 많습니다.

그러니 당연히 구속받는 걸 싫어 할 수밖에요.

뭐, 여자 또한 일이며 취미 생활에 치여 데이트 할 시간도 없거나, 핸드폰 저장번호가 1,000개 이상이라 하루에 2명씩 만나도 1년 동안 다 못 볼 정도라면야 만남을 이어가도 좋겠지만...

그게 아니면 딴 놈 만나시길 적극 권장합니다.

답을 하다 보니 문득 과거 제 아는 여동생(지난 번 그 여동생은 아닙니다.)의 답답한 모습이 떠오르네요. 그 동생이 바로 자기 잘난 맛에 사는 놈을 사귀었거든요.

물론, 결국 상처만 입고 눈물을 훔치며 돌아섰지만...
누가 봐도 나쁜 남자인 그 놈을 뭐가 좋다고 만난건지...
두 팔 부여잡고 말리는 저에게 돌아온 답이 더 가관이었어요.
"나도 바람둥이에다 나쁜 남자란 거 알아. 하지만 알면서도 좋은 걸 어떡해..."

아니, 도대체 알면서도 사귀는 그녀의 맘은 도대체 뭔가요?
무슨 옴므파탈적 매력이 있기에 상처를 각오하면서까지 만나는 건가요?
무슨 다단계도 아니고...

정말 알고 싶어요.

도대체 나쁜 남자에게 끌리는 여자의 마음은 뭔지...

나중에 헤어지고 나면 '나쁜 남자' 가 되지만
사랑하는 그 순간엔 그 사람의 매력으로 보이죠.

CHAPTER 18.

여자들은 왜 나쁜 남자를 좋아하는 걸까?

다음날, 아린의 열. 여. 섯. 번. 째. 편. 지

꽤 오랜 시간동안 돈테 님의 답장이 없어서
내심 걱정하고 있었어요.

중간에 제가 괜한 소리를 한건 아닌지
아님...
이런 얘기들을 주고받는 게 무슨 의미냐며 흥미를 잃은건 아닌지...
아님...
돈테 님에게 이론이 아닌 실전을 펼칠 수 있는 새로운 사랑이 나타난 건지...
그런데 그런 일이 있었다니 다행이다 싶어요.

오늘도 날씨가 어김없이 화창하네요.
주말이기도 하고 그래서 잠시 밖을 나왔어요.

친구와 만나기 1시간 전.
오늘 답장은 커피 한 잔과 함께 카페에서 써볼까 하고 조금 일찍 나왔네요.

주말이라 그런지 커플들이 모두 커피를 마시러 왔나 봐요.

눈길을 돌리지 말아야지.
나도 모르게 신고 있던 하이힐을 던지게 될지도 모르니까요...

저들 중에도 '구속받기 싫다' 라는 핑계로 주말에만 잠깐 여자친구에게 시
간을 내주며 '내가 이렇게 놀아주니까 구속하지마. 오빠 믿지?' 라고 하는
사람이 있을 거 아니에요.

돈테 님 때문에 '남자 의심병 환자' 되는 거 아닌가 모르겠어요.
그렇게 되면...

.
.
.
.

책임! 지세요!

돈테 님, 이번에는 왜 여자들이 '나쁜 남자'를 좋아하는 거냐고 물으셨나요?
이번 질문의 대답은

나쁜 남자는 매력적이니까.

잡힐 듯 잡히지 않고
늘 안절부절못하게 만드는 나쁜 남자.

여자의 사랑은 모성애에서 나온다고 하잖아요.
나쁜 남자를 좋아하는 여자들은(여기서 이렇게 규정을 짓는 이유는, 나쁜 남자
를 싫어하는 여자들도 있답니다. 모든 여자들이 나쁜 남자를 좋아하진 않아요. ^^)

다시 한 번, 나쁜 남자를 좋아하는 여자들은
아들을 물가에 내놓은 엄마의 안절부절못하는 마음.
그런 안타까운 스릴을 즐기는 거라고 얘기해 둘게요.

일명 연애에 있어서 꼭 필요한 요소로 얘기하는 '밀당' 있잖아요.
'밀고 당기기'
나쁜 남자들은 대부분 이 '밀당'의 고수라고 봐요.
여자친구에게 무심한 듯 하지만 한 번의 이벤트로 감동시키고
나 말고도 수많은 여자들의 관심을 받고 있으며, 그래서 늘 촉각을 세우게
만들고. 여자들은 이런 '밀당'의 고수에게 끌릴 수밖에 없답니다.

나중에 헤어지고 나면 '나쁜 남자' 가 되지만 사랑하는 그 순간엔 그 사람의
매력으로 보이죠.

주변에서 '네 남자친구 완전 선수야~' 라고 뜯어말려도
안절부절못하게 만드는 매력에 한번 걸려들면 그냥 빠져드는 거죠.

반면 착한 남자들은 매력이 없어요.
음식으로 비유하자면 '죽' 정도라고 할까요?
나쁜 남자에게 한참 상처를 받고 나면 치유할 때 찾게 되는...

착한 남자를 줄곧 사귀었던 여자의 경우엔 더 나쁜 남자의 매력에 쉽게 빠
져들어요. 여자들 사이에선 이런 말도 하는걸요?
"연애할 땐 '나쁜 남자' 랑 연애를 해야 해~ 그래야 연애를 제대로 해보는
거야." 라고요.

상처를 두려워하지 않는 여자라면 한번쯤 '번지점프' 에 도전하듯 '나쁜 남
자' 와의 연애를 꿈꾸게 된답니다.
사실... 저도 나쁜 남자가 좋더라고요.
괜히 '나쁜 남자 = 비' 라는 공식도 자연스럽게 떠오르거든요.^^

그거 알아요?
'나쁜 남자' 는 외모도 중상, 능력도 중상 이상은 된다는 거.
그렇기 때문에 여자들이 빠져들 수밖에 없는 거죠.
완전 망나니 같은 '나쁜 남자' 는 제가 말하는 나쁜 남자에 포함되지 않는답
니다. 그들은 '양아치' 라고 불리죠. (제 말투가 너무 격했나요?)

그리고 어설프게 나쁜 남자를 흉내내려는 남자 분들이 있는데요.
티 납니다. 어설픈 흉내는...

제가 볼 때 학습에 의해 만들어지는 '나쁜 남자' 도 있지만 '모태 나쁜 남자',

즉, 본인이 나쁜 남자인지 모르는데... 나쁜 남자의 향기를 가진 남자가 매력적이며 여자들을 빠져들게 하는 것 같아요.

마약 같은 존재라고나 할까요?
한번 빠지면 정신없이 빠져들게 되는!

돈테 님!
그 후배분이 사랑하는 사람이 '나쁜 남자' 라면 그 남자의 매력이 다 잊혀질 때까지 그냥 기다려 주세요.
'나쁜 남자' 에 대한 기억은 '착한 남자' 로 지워지기 보다 더 강렬해 진답니다. 그냥 서서히 잊히도록 시간을 주세요.

오늘 질문은 잠시 후 만날 제 친구가 궁금해 하는 질문이에요.
물론 저도 궁금하고요.
제 친구에게 돈테 님 얘기를 했더니 꼭 물어봐달라고 하네요.

요즘 제 친구가 살랑살랑 봄내음 같은 사랑을 시작하고 있거든요.
제가 완전 부러워하고 있죠.

보통 연애 초기.
남자들은 자신이 주도권을 쥐는 걸 좋아하나요?
아니면 여자들한테 잡히는 걸 더 좋아하나요?
좋아한다는 표현이 안 어울리나? 그럼 이렇게 물어보면 어떨까요?
자신이 주도권을 잡고 싶어 하는지.
그냥 여자에게 잡혀 사는 게 편하다. 라고 생각하는지.
그리고 주도권 '밀당 경쟁' 에서 남자들이 쓰는 수법은 뭔가요?

'남자는 여자에게 잡혀 사는 게 편하다' 는 말을 모든 남자에게 전파해 줌과 동시에 앞으로 생길 제 남자친구를 편하게 해 주기 위해 제가 주도권을 잡고 싶거든요.
그 방법을 알려주세요! 어떻게 하면 남자를 꼼짝 못하게 할 수 있는지. ^^

나중에 헤어지고 나면
‘나쁜 남자’ 가 되지만
사랑하는 그 순간엔
그 사람의 매력으로 보이죠.

열여섯 번째 답장.

답변을 읽고 오늘도 역시나 쾅!
여자들에게 있어 남자의 매력이란 게 자신에 대한 자상함이나 따뜻함보다,
잔머리에서 우러난 밀당이라니...
하긴 콩깍지가 씌지 않는 이상 일편단심 슈렉 보다는 바람둥이 돈 후안에게
끌리는 게 당연한 거겠지만...
언제나처럼 머리로는 이해가 가는데 요놈의 맘속에선 항상 알쏭달쏭입니다.
알면 알수록 파면 팔수록 점점 미스터리한 여심.
혹시 미스터리가 미스(miss)+히스테리(hysteria)에서 나온 말이 아닐까 싶은...^^
아무튼 연거푸 깊은 한숨이 나옵니다.

세상에 남녀의 비율이 1대10 아니, 1대100 정도라면 몰라도 그렇지 않은 현실
속에서 이 세상 슈렉들은 언제나 돈 후안에게 상처받은 여자들이 회복을 위해
잠시 섭취하는 죽으로만 살아가야 한다니 이건 명확히 불공정 거래가 아닌가
싶네요.

전국의 슈렉 여러분,
지금 곁에 있는 여친이 떠나지 못하게 우리 모두 지금 당장 죽에다 설사약이라
도 탑시다.

그나저나 이번 질문,
언젠가 한 번 쯤 나올 법한 이야기였는데 드디어 나왔군요.
남녀의 보이지 않는 전쟁.
주도권 싸움.

아린 님 말대로 남자들은 주도권에 대해 크게 신경 쓰지 않습니다.

겉으로는!
"여자 이겨서 뭐해~"
"아무리 발버둥 쳐 봐야 어차피 남자는 하늘, 여자는 땅인 게 변하겠어. 그냥 귀찮으니까 져 주는 거지..."
라며 쿨한 척 여유를 부립니다.

하지만 이건 어디까지나 남들에게 쪼잔하게 비춰지기 싫은 자기 포장일 뿐입니다. 실상을 들여다보면 남자 역시 여자만큼이나 주도권을 잡으려 여기저기 조언을 들어가며 무진장 고민하고 계획하느라 바쁘답니다.

보통, 연애 초기에는 사실 대다수 남자들이 여자들에게 잡혀줍니다.
왜냐, 일단 환심을 사야 여자가 마음의 문을 활짝 열 테니까요.
허나, 이건 어디까지나 잡혀주는 척한 것이지 정말 잡혀 살길 바라는 남자는 거의 없을 겁니다.

그럼 어떻게 주도권을 잡으려 하느냐?

연애에 있어서 의외로 남자들은 많이 꼼꼼하고 치밀한 편이랍니다.
특히 여자에게 실망한 부분이 있거나 잘못을 알게 되면 바로 지적 하지 않고 일단 마음에 담아둡니다.
그러다 어느 순간 똑같은 실수나 잘못을 하면 그때 바로 지난 과거 상황까지 끄집어내어 여자를 옴짝달싹 못하게 하는 거죠.
(살짝 비겁해 보이겠지만 그만큼 효과가 있으니까 포기를 못하는 거죠.)

예를 들어 여친이 자신 몰래 나이트클럽에 간 걸 알았다고 칩시다.
남친은 그게 처음 일 때는 참고 마음속에 조용히 담아둡니다.
그러다 또다시 나이트를 간 것을 알게 되면 그땐 이렇게 말하죠.

"너 ○월○일에도 나이트 갔었지, 그때 나 다 알고도 아무 말 안했어. 처음이고
난 널 믿었으니까? 근데 또 이렇게 몰래 가다니 정말 실망이야."

이에 잘못을 사과하는 여친을 향해 못 이기는 척 말하죠.
"좋아, 처음이자 마지막으로 용서해 줄게. 대신 약속해 다시 한 번 또 거짓말하
면 그땐 내가 시키는 대로 다 하겠다고."

요기서 "알았어!"라고 냉큼 답하는 순간,
당신은 그의 손바닥 톨게이트 안으로 들어가게 되는 거죠.

남자는 이러한 방법으로 계속해서 하나둘 약점을 늘려갑니다.
그럼, 여자는 어느 새 남자의 눈치를 보며 살아가는 자신을 발견하게 됩니다.
하지만 상황을 역전시키기엔 이미 너무나 멀리 와 버린 데다 여자 스스로도 괜
한 쿠데타를 꿈꾸기보다 익숙한 현재를 인정하며 그냥 그렇게 조용히 살아가는
거죠.

자, 그럼 주도권 필승 전략은 무엇이냐?

사실 요건 지난번 답장에 맛보기로 살짝 언급해 드린 건데...
다름 아닌 '눈눈이이' 전략입니다.
거기다 추가로 적당한 무관심까지 가미된다면 아마 남자는 스스로 목줄을 감고
당신에게 다가와 꼬리를 흔들걸요.

예를 들어 남친이 친구와 어울리느라 당신과의 약속을 깜빡했을 때,
대다수의 여자들은
"친구들이 그렇게 좋아? 그럼 친구들이랑 만나지 나랑은 뭐 하러 사귀어?"
라는 뻔한 투덜거림을 내뱉죠.

하지만 진정한 고수는 별일 아니라는 듯 (물론 속은 활활 타오르겠지만, 인고의 약
은 그만큼 효능이 크니 부디 인내하시고...) 쿨하게 용서합니다. 그리고 언젠가 당신

또한 남친과 마찬가지로 친구들과 만나느라 약속을 깜빡한 것처럼 행동하세요.
바보가 아닌 이상 복수란 걸 아는 남자는 약이 오르겠죠.

설사 몰랐다 치더라도 자신도 그러했으니 자존심상 무어라 할 말이 없는 거죠.
(이럴 땐 남자의 자존심이 도리어 스스로에게 독이 되는 거죠.)
그러다 보면 다음부턴 당신에게 "내일 친구들과 만나야 할 것 같은데 그래도
돼?"라며 형식적이지만 허락을 맡는 단계로 변모하죠.

이때 역시나 쿨한 척 허락해 주면 남자는 점점 속으로 불안해 지기 시작합니다.
"얘가 나를 남친으로 생각하긴 하는 건가?"
그리고 계속해서 서너 번 그러한 무관심 반응을 보이면,
"혹시 나 말고 다른 남자 있는 거 아냐?"
라는 의심이 새록새록 돋아납니다.
이쯤 되면 연인관계를 넘어 바람난 아내를 뒤쫓는 남편만큼이나 急 관심이 생
기게 됩니다.

이때, 그 누구보다 남자를 사랑하고 있다는 사실을 은근슬쩍 내비치세요.

예를 들면, 뜨개질한 목도리를 선물하는 거죠.
"웬 목도리야?"
"우리 이백일 기념으로 직접 뜬 거야, 날짜 맞추느라 얼마나 고생했는데..."

무한 감동 먹은 남자는 사랑을 의심한 자신을 자학하며 당신에 대한 무한 봉사
를 다짐합니다.

"이렇게 멋진 여자를 그동안 내가 의심했다니... 평생 널 위해 살아갈게~"
당신의 24시간 무보수 몸종이 생기는 거죠.

생각보다 쉽죠~잉~^^

제가 얼마 전 살포시 외국물 먹을 일이 있어 비행기를 탄 적이 있거든요.

근데 우연인지 인연인지 오가는 두 번의 비행기 안에서 같은 스튜어디스와 마주친 거예요. 출국할 때 그녀의 보조개가 제 맘에 쏙 들어와 새겨두고 있었거든요.

괜스레 시선을 마주치는 제 맘이 콩닥콩닥 뛰는 거 있죠.
그러는 사이 비행기는 착륙했고, 이제 작별을 고해야 하는 안타까움에서일까
그냥 돌아서기가 쉽지 않더라고요.

해서 결심했죠.

고백하기로...

하지만 막상 무슨 말부터 꺼내야 할 지,
뭘 어떻게 해야 할지 발만 동동 구르다 결국, 타이밍을 놓쳐 그만 기회를 잃고
말았답니다. 아쉬움에 삼일 밤 내내 그녀가 꿈속에 나타났어요.

그래서 말인데요,
여자들은 낯선 남자가 다가와 고백하면 어떤 생각을 갖나요?
또 어떻게 하면 고백에 성공할 수 있을까요?

다시 찾아올 기회를 위해 아린 님의 조언이 필요해요...

남자들은 가끔 귀여운 구석이 있는 것 같아요.

그렇게 잡혀준다고 생각하면 진짜 여자들이 속고 있다고 생각하거든요.
여자는 항상 남자들보다 조금 더 높은 곳에서 내려다보고 있다는 사실을 모르거든요.

어릴 땐 몰랐죠.
남자들의 단순함을.
하지만 가끔은 남자들의 단순함이 눈에 보일 때가 있거든요.

주도권 싸움에서 남자들은 항상 우위를 잡으려고 하겠지만 결국 여자가 하라는 대로 하는 게 편하다는 걸 제발 남자들이 알아줬으면...^^

돈테 님에게 또 뮤즈가 나타났군요.

고백이라...
이럴 때 제가 돈테 님을 안다면 좀 더 정확하게 말해줄 수 있을 텐데...

두 가지 궁금한 점이 있는데...
그분과 자주 만날 수 있나요?
아니면 또 한 번의 만남이 우연히 이루어지게 기다려야 하는 상황인가요?

첫 번째 경우와 두 번째 경우 고백의 방법이 달라지거든요.
어떤 상황인지 모르니까 둘 다 알려드릴게요.

1. 자주 만날 수 있는 사이일 경우

이 경우엔 지난번에 알려드린 '열 번 찍는 나무편' 에서 알려드린 방법과 비
슷하게 꾸준하게 당신에게 관심이 있다는 사실을 알게 해주고 그 사람 앞에
서 매너 있는 세심남으로 보이게 행동을 하면서 그 여자가 방심하는 부분까
지 챙겨주고 난 후 고백을 하면 효과 100% 일거에요.

자주 만날 수 있는 사이일 경우에 또 남자에게 좋은 건
외모가 비록 그 여자의 스타일이 아니더라도
내면을 보여줄 시간을 벌 수 있는 큰 장점이 있어요.

그런데 두 번째의 상황이라면 고백의 성공확률은 50 대 50!
모 아니면 도!

2. 자주 못 만나는 사이일 경우

그 여자분이 남자친구가 있는지 없는지도 모르는 상태인거고
(1번의 상황은 시간을 두면서 남자친구의 유무를 살펴볼 수 있지만 말이에요)

그날 여자의 컨디션도
그날 고백하는 돈테 님의 컨디션도

그날의 날씨도
고백하는 장소의 분위기도
카페라면 그곳에서 흘러나오는 음악까지도 고백에 영향을 끼칠 수 있어요.

그래도 고백을 한다면
많은 조건 다 제쳐두고 가장 기본적인 방법
우리 엄마, 아빠 시절에도 썼던 그 방법

'저기요, 당신이 마음에 드는데... 시간 되시면 커피 한 잔 하실래요?'

이 방법이 가장 좋은 방법이 아닐까 합니다.
싸움의 기술에서도 정공법이 가장 좋다고 하잖아요.

조금은 촌스러워 보이는 고백에 여자는 처음에는 많이 놀라겠지만 약간 흔들릴 수 있거든요.
그 다음 선택은 그 여자의 몫이죠.

50대 50의 확률 게임은 '용기' 가 가장 중요한 거 같아요.
돈테 님! 용기를 가지세요.

꽃향기가 돈테 님의 마음을 간질간질 간질이고 있나 봐요.
고백 성공하길 빌게요.

돈테 님 저도 기쁜 소식이 하나 생겼어요.
지난번에 만난 친구가 소개팅을 시켜준다고 하네요.

아직 장소랑 일정은 잡히지 않았는데...
남자들의 취향이 대체적으로 어떤지... 공부를 하고 약속을 잡아야 할 듯하여 돈테 님의 답장을 기다리고 있었답니다.

너무 시각적이고 자극적인 것만 최고로 치는 게 남자인지.
아니면 남자들 중에서도 내면을 첫눈에 알아보는 '나이스 가이' 가 많은지 돈테 님 좀 알려주세요. 두 여자 타입 중에 남자들이 대체적으로 선호하는 취향을 말씀해 주시면 됩니다.

돈테 님 개인적 취향 말고요. ^^

1. 깡마른 여자 vs 살집 있는 (통통한) 여자
2. 술 잘 마시는 여자 vs 담배 피우는 여자
3. (식당 음식에서 머리카락 발견 시) 항의 잘하는 여자 vs 그냥 조용히 넘어가는 여자
4. 바깥일 잘하는 여자 vs 집안일 잘하는 여자
5. 배에 살 있는 여자 vs 다리가 굵은 여자
6. 피부 안 좋은 여자 vs 몸매 안 좋은 여자
7. 매니큐어 곱게 바른 손 vs 깔끔하게 짧게 손톱 자른 여자
8. 빨간 립스틱 바르는 여자 vs 립글로스 바르는 여자
9. 글씨 예쁘게 쓰는 여자 vs 말 잘하는 여자
10. 와인 좋아하는 여자 vs 소주 좋아하는 여자
11. 눈 작은 여자 vs 코 낮은 여자
12. 생머리인 여자 vs 파마한 여자
13. 긴 머리 여자 vs 단발 머리 여자
14. 캐주얼 스타일을 즐겨 입는 여자 vs 정장 스타일을 즐겨 입는 여자
15. 하이힐을 신은 여자 vs 스니커즈를 신은 여자
16. 족발을 좋아하는 여자 vs 스테이크 좋아하는 여자
17. 운동보다 독서를 좋아하는 여자 vs 독서대신 운동을 좋아하는 여자
18. 남자 친구가 많은 여자 vs 여자 친구가 많은 여자
19. 집이 부자인 여자 vs 본인의 벌이가 좋은 여자
20. 학벌은 좋은데 직장 안 좋은 여자 vs 학벌보다 직장이 좋은 여자.

열일곱 번째 답장

저도 아린 님 말에 적극 동조하는 바입니다.
지는 게 이기는 거란 말이 맞아 떨어지는 게 연애인 거 같거든요. ^^
아참, 그리고 저의 뮤즈는…
제가 항공사 직원이 아닌지라 자주 볼 일, 아니 다시 만난다는 보장이 없기에
이미 맘 접었어요. 행여 혹시, 다시 만나게 된다면 그땐 아린 님 말씀대로 정공
법을 함 써보죠 뭐. (만약, 실패하면… 쪽팔려 못사니까 아린 님이 저 책임지세요. ^^)

일단, 축하드려요.
드디어 비워둔 맘을 채울 기회가 왔네요.
오늘 만큼은 그 어느 때보다 최선을 다해 답변해 드릴게요.

1. 깡마른 여자 vs 살집 있는 (통통한) 여자

– 마른 남자라면 살집 있는 여자를, 통통한 남자라면 깡마른 여자를 선택할
  것 같네요.

2. 술 잘 마시는 여자 vs 담배 피우는 여자

– 남자들은 2세에 대한 걱정을 은근히 많이 하기 때문에 담배 피우는 여자
  를 더 싫어해요.

3. (식당 음식에서 머리카락 발견 시) 항의 잘하는 여자 vs 그냥 조용히 넘어가는 여자

– 남들을 의식하는 남자들의 성향 상 그냥 조용히 넘어가길 바라겠죠.

4. 바깥일 잘하는 여자 vs 집안일 잘하는 여자

– 현모양처란 말이 괜히 있겠습니까? 그냥 바깥일은 모르고 집안일 잘하며
  애 잘 키우는 여자를 바라는 건 당연지사. 설사 연애 때 능력 있어 만났더

라도 결혼이란 걸 하게 되면 은근 주부로서의 삶을 바랍니다. 특히나 애들도 크고 어느 정도 경제적 여유가 생기면 더욱 그렇죠. (그래야 가끔 나가서 몰래 자유를 만끽하죠. 같이 일하면 퇴근 시간에 함께 집에 가야 되고 이래저래 족쇄가 되니까요.)

5. 배에 살 있는 여자 vs 다리가 굵은 여자

- 기준이 어느 정도인진 모르겠지만 뱃살이 삐져나올 정도가 아니고 다리가 흔한 말로 200리터 드럼통 정도가 아니라면 배에 살이 있는 여자 쪽으로 좀 더 기울지 않을까 싶네요.

6. 피부 안 좋은 여자 vs 몸매 안 좋은 여자

- 피부는 화장으로 커버가 되지만 몸매는 드러내라고 있는 건데 당연히 피부는 좀 안 좋아도 몸매 좋은 여자에 한 표!

7. 매니큐어 곱게 바른 손 vs 깔끔하게 짧게 손톱 자른 여자

- 모름지기 여자는 여자다워야 하는 법, 결벽증 환자가 아니라면 매니큐어 곱게 바른 손을 더 잡고 싶지 않을까요.

8. 빨간 립스틱 바르는 여자 vs 립글로스 바르는 여자

- 왠지 빨간 립스틱은 싸 보이는 느낌 탓에 생기 있는 립글로스 입술이 더 훔치고 싶어져요.

9. 글씨 예쁘게 쓰는 여자 vs 말 잘하는 여자

- 말 잘하는 여자는 피곤하다... 고로 글씨 예쁜 여자 승!

10. 와인 좋아하는 여자 vs 소주 좋아하는 여자

- 이건 약간의 차이가 있기에 제 개인 성향이 조금 묻어 날 수밖에 없네요. 저라면 와인과 함께하겠어요. 대다수 남자들도 능력이 된다면 함께 와인을 마시고 싶을 걸요.

11. 눈 작은 여자 vs 코 낮은 여자
    - 여자를 떠나 사람으로서 봐도 눈이 작으면 No, No, No! 고로 코 낮은
      여자.

12. 생머리인 여자 vs 파마 한 여자
    - 이건 뭐 두말 할 것 없이 생머리 휘날리는 그녀죠.

13. 긴 머리 여자 vs 단발머리 여자
    - 요것 또한 고민 할 필요도 없이 긴 머리 소녀~ 긴 머리 소녀!

14. 캐주얼 스타일을 즐겨 입는 여자 vs 정장 스타일을 즐겨 입는
    여자
    - 남자들은 유니폼이나 정장 스타일의 커리어 우먼에 대한 환상이 있어요.
      생각만 해도 흐뭇한...^^

15. 하이힐을 신은 여자 vs 스니커즈를 신은 여자
    - 몇 번을 이야기해도 지나치지 않는 말, 여자는 여자다워야... 고로 하이힐
      신은 여자. (단, 여친이 나보다 키가 크다면 예외일 수도...)

16. 족발을 좋아하는 여자 vs 스테이크 좋아하는 여자
    - 스테이크를 즐기다 가끔 족발을 맛나게 먹는 그녀를 보면 순수한 매력에
      빠져 들진 몰라도 만날 족발, 족발은 좀... (거기다 족발은 야식의 대명사, 왠지
      자기 관리를 하지 않을 것 같아서 싫어욧!)

17. 운동보다 독서를 좋아하는 여자 vs 독서대신 운동을 좋아하는
    여자
    - 이건 개인차가 있어 두 분류로 나눠지겠네요.
      활동적인 취미를 가진 남자라면 함께 하길 바라는 마음에 운동 쪽으로. 그
      렇지 않은 남자라면 책 읽는 여자를 좋아하겠죠. (갑자기 "더 리더 - 책 읽어
      주는 남자"라는 영화가 떠오르네...)

18. 남자 친구가 많은 여자 vs 여자 친구가 많은 여자
  – 주변 솔로 친구들을 위해서라도 당연히 여자 친구가 많은 게 좋죠.
    남자 친구 많아 봤자 속 좁아 보일까 겉으로 만나지 말라고도 못하고 괜
    한 스트레스 받아 좋을 건 없네요.

19. 집이 부자인 여자 vs 본인의 벌이가 좋은 여자
  – 집이 부자라 가족들 전체에게 눈치 보이는 것 보단 내 여자 하나한테 눈
    칫밥 먹고 사는 게 훨씬 낫죠.

20. 학벌은 좋은데 직장 안 좋은 여자 vs 학벌보다 직장이 좋은
    여자
  – 학벌 좋아 받자 괜히 피곤만 하고 요즘 벌어먹고 살기도 힘든데 직장 좋
    은 여자가 장땡이지~ (스튜어디스가 연봉도 괜찮고 가족한테 항공료도 90%나
    할인 해준다던데... 오 나의 뮤즈여 다시 만날 수 있기를~ ㅋㅋㅋ)

※ 개인적인 취향에 따라 예외는 있을 수 있음을 알려드립니다.

답변하다보니 마치 스피드 퀴즈를 하듯 생동감 있고 은근 재미지네요.
요 재미난 걸 나 혼자 몰래 즐기고 입 닦을 순 없지.
이번엔 제가 보답 겸 화답할게요.

남자가 궁금한 여자들의 취향?

질문 갑니다!

1. 할부로 좋은 차 타는 남자 VS 차는 없어도 통장 많은 남자

2. 술 잘 마시는 남자 VS 술 못하는 남자

3. 요리 잘하는 남자 VS 청소 잘하는 남자

4. 노래 잘 부르는 남자 VS 춤 잘 추는 남자

5. 뚱뚱한 남자 VS 마른 남자

6. 허벅지 튼실한 남자 VS 초콜릿 복근인 남자

7. 수염 기른 남자 VS 수염 없는 남자

8. 짧은 머리 남자 VS 살짝 웨이브 파마한 남자

9. 캐주얼이 어울리는 남자 VS 슈트가 어울리는 남자

10. 이야기 들어주는 걸 좋아하는 남자 VS 이야기 하는 걸 좋아하는 남자

11. 유머러스한 남자 VS 잘 생긴 남자

12. 선물 자주 하는 남자 VS 편지 자주 쓰는 남자

13. 꽃 주는 남자 VS 선물 주는 남자

14. 터프한 남자 VS 섬세한 남자

15. 학벌 좋은 남자 VS 능력 있는 남자

16. 지금은 능력이 부족하나 미래가 있는 남자 VS 현재 능력 있는 남자

17. 매일 만나자는 남자 VS 가끔 만나자는 남자

18. 친구가 많아 자주 못 만나는 남자 VS 여자 친구만 만나는 남자

19. 능력 없어도 착한 남자 VS 능력 많은데 까다로운 남자

20. 전화 자주하는 남자 VS 문자 자주 보내는 남자

남자들의 눈에 여자의 겉모습만 보이지 않았으면 하는
바람으로 쓰는 남자에 대한 **열. 여. 덟. 번. 째. 편. 지**

역시 남자들은 시각적인 동물!
남자에게 사랑을 받으려면 지금부터라도 외모를 가꿔야겠네요.
피부과에 등록을 해야 하나...?
아직 날짜는 잡지 않았으니...

예쁜 여자 좋아하는 남자의 본능은 아마 태초부터 있는 습성이겠죠?
태초부터 있었고 앞으로 몇 만년동안 절대 없어지지 않을!
에효...
남자들의 속을 알면 알수록 더 어려워지는 거 같아서 고민이네요.
하지만 뭐, 적을 알아야 백전백승이란 말도 있으니!^^

그리고 돈테 님이 보내주신 별도 팁은 프린트해서 외우려고요.
근데... 또 찻값을 제가 내야하는 건가요?
남자들이 첫 번째는 다 지불해야... 좀 멋있어 보이던데...^^

근데 제 궁금증에 대한 대답이,
읽으면서 너무 돈테 님 개인적인 취향이 아닐까? 라는 생각이 들었어요.
그건 아닌 거죠? 거의 남자들의 70%가 이렇다고 보면 되는 건가요?

역시 남자들은 보수적인데다가 시각적이야! ^^

이번엔 그럼 저에게 물어 오신 것들에 대한 여자의 취향을 알려드릴게요.

1. 할부로 좋은 차 타는 남자 VS 차는 없어도 통장 많은 남자

일단 20대 후반으로 가면 뚜벅이보다는 작은 차라도 자기차가 있는 남자들을 선호하게 돼요. 왜냐하면 가고 싶은 곳도 많아지고 맛난 것도 먹으러 멀리 가고 싶기 때문에! 그리고 이왕 차가 있으면 좋은 차가 있으면 좋죠.

그런데 첫 만남에 좋은 차를 보면 일단 확! 마음에 가지만 좀 만나다가 이 남자 주머니와 지갑에선 먼지만 풀풀~ 그리고 아직 할부가 1년 정도 남았다는 사실을 알게 되면 그때 정나미가 뚝 떨어지게 되죠.
'차에 올인 했구나...' 싶어서 별 신뢰가 안 생긴답니다.
좀 뚜벅이어도 통장에 돈이 두둑이 있는 남자가 장기전으로는 믿음이 가니까 장기적으로 볼 때 비록 지금 차는 없어도 통장 많은 남자가 여자들에게 사랑을 받을 수 있죠!

2. 술 잘 마시는 남자 VS 술 아예 못하는 남자

여자들은 이래요.
담배 피우는 선 용서 못해노 술은 어느 정도 즐길 줄 아는 남자가 좋다!
왜냐하면 어느 자리에서든 자신의 남자친구가 분위기를 깨거나 뭐 하나라도 못한다고 빼는 걸 싫어하거든요. 사실 여자들에겐 만능인 '맥가이버 같은 남자'가 로망 1순위! 이 맥가이버의 능력에는 술도 포함이 된답니다.
어느 날, 친구들과 함께 생일파티 술자리를 하게 됐는데 그 분위기에서 술 못한다고 빼는 남자 매력 없거든요.
그리고 무엇보다!
술을 잘 마시는 남자가 술 못하는 남자보다 더 남자답다고 느낀답니다.

3. 요리 잘하는 남자 VS 청소 잘하는 남자

둘 다 잘하면 100점짜리 남자고요.
아마 결혼하면 최고로 사랑받을 걸요?
그런데 이 두 가지는 어느 한쪽이라도 해 줄 수 있는 남자이면 여자들은 다
좋아해요. 둘 중 어느 하나를 잘하는 것 보다 둘 중 하나라도 해줄 수 있는
남자가 최고죠!

4. 노래 잘 부르는 남자 VS 춤 잘 추는 남자

남자들이 시각적인 동물이라면 여자들은 청각이나 후각에 더 민감한 동물
이라고 해요. 그래서 전화 통화에서 남자가 목소리가 좋으면 여자들은 대부
분 '이 남자 멋있을 거야.' 라고 생각을 하죠.

그리고 남자들의 애창곡. 여자들이 사귈 때 무조건 한 번쯤은 들어야 하는
노래들! '취중진담', '고해' 이런 곡들을 잘 소화하는 남자가 굿가이에요.
화려한 춤을 추면서 여자의 눈을 바라보는 것 보다 노래를 부르며 여자의
눈을 보는 게 더 효과가 좋다는 사실! 알아두심 좋겠어요.

참, 노래 실력 없이 '고해' 등 보컬 실력을 요하는 노래에 도전하는 건 금물
입니다. 이 부분에서 많은 남자분들이 심한 착각을 해요.

여자들이 이런 노래를 불러주면 무.조.건 좋아할 거라고.

당연히 김동률이나 임재범, 김연우 같은 목소리를 가졌다면야 감동해서 눈
물까지 흘리겠지만 그게 아니라면 겉으로는 감동한 척 연기하면서 속으로
는 '그만 불렀으면 좋겠다.' 라고 생각하는 게 여자랍니다. 이건 남자들도 마
찬가지잖아요. 김태희도 아닌데 김태희가 입은 옷 입고 나오면 남자들의 반
응도 마찬가지잖아요. 안 그런가요? 하하하.

5. 뚱뚱한 남자 VS 마른 남자

대부분의 여자들은 마른남자보다는 살짝 살이 있는 남자를 좋아해요.
깡마르면 남자들 옷태도 안 나고 살짝 없어 보인다고 해야 하나?
모델을 할 게 아니라면 약간 살집이 있는 게 좋아요.
여자들 중에 남자들의 살짝 나온 배에 누우면 안락함을 느끼는 여자들도 있
거든요.
그런데 10대들은 스키니한 남자들을 좋아한다고 하네요.
아마 20년 후엔 이 부분이 바뀔지도...^^

6. 허벅지 튼실한 남자 VS 초콜릿 복근인 남자

음. 이건 정말 개인적인 취향에 따라 다 가지각색일 듯.
이왕이면 둘 다 가지면 금상첨화겠죠?

7. 수염 기른 남자 VS 수염 없는 남자

이 경우는 수염 기른 모습이 '오다기리 죠' 정도 되는 간지가 나야 될 것 같
은네요. 수염 없이 쌀끔한 남자가 좋지 수염이 있으면 왠지... 지저분한 인
상을 주게 마련이니까요. (스타일리쉬한 수염은 제외! ㅋ)

8. 짧은 머리 남자 VS 웨이브 파마한 남자

이것 또한 웨이브 파마가 어울리는 남자가 우리나라에 많이 없는 걸로 아는
데...^^ 이민호, 이병헌 님 정도가 돼야~^^
그냥 깔끔한 커트의 (너무 해병대처럼 짧은 건 여자들이 싫어한답니다) 자연산
머리의 남자가 소개팅 나가서 여자들의 호감을 얻습니다요.
약간의 염색이나 잘 보이기 위한 세팅정도는 과하지 않으면 신경 쓴 거 같
아 좋고요.

9. 캐주얼이 어울리는 남자 VS 슈트가 어울리는 남자

이왕이면 둘 다 어울리는 남자를 좋아하죠.
평일엔 슈트, 나와 데이트하는 주말엔 캐주얼.
그런데 슈트가 잘 어울리는 남자가 대체적으로 캐주얼도 웬만큼 소화한다
고 여자들은 믿기 때문에 슈트 쪽에 살짝 손을 들어봅니다.

10. 이야기 들어주는 걸 좋아하는 남자 VS 이야기 하는 걸 좋아하는 남자

남자라면 여자가 열심히 이야기를 하는 걸 지긋이 들어주는 마음이 넓은 사
람이라고 생각들을 하죠, 여자들은.
그런데 입 꽉 다물고 이야기만 들어주는 남자는 땡!
가끔 본인의 이야기도 들려주는 (그 정도가 수다 떠는 정도는 절대 아님) 그런
남자가 인기가 짱이죠.
너무 들어주는 것만 좋아해서 데이트 코스 때마다 '우리 이제 뭐할까?' 라고
물어보는 남자는 최악!

11. 유머러스한 남자 VS 잘 생긴 남자

'남자는 얼굴 잘생기면 언젠가 얼굴값을 한다.' 는 말을 엄마들에게 잔소리
처럼 듣고 자라는 게 여자들이에요.
그런데도 첫 만남에 자석처럼 끌리는 게 잘생긴 남자죠.
하지만 그 남자는 얼마 안 있으면 '역시 어른들 말이 틀린 게 아니었어.' 라
는 깨달음을 얻게 만들어요.
그래서 오래 남자친구로 롱런하는 남자는 유머러스한 남자 쪽이죠.
재미가 없는 남자는 여자들을 지치게 만든답니다. ^^
게다가 엄청 진지하기만 한 사람도 너무 지쳐요...

12. 선물 자주 하는 남자 VS 편지 자주 쓰는 남자

요건~ 선물 자주 하는 남자 승리!
선물에 편지를 추가하면 감동이 두 배겠죠.
여자들에게 선물을 할 때, 너무 자주 하는 것 보다 나름대로의 기념일을 만
들거나 의미를 부여하면 더 효과가 크다는 걸 잊지 마세요.

13. 꽃 주는 남자 VS 선물 주는 남자

어라... 이건 중복 질문 같은데...
여자들이 꽃을 받으면 좋아하잖아요?
여기서 솔직히 말씀드리면 그 반응의 60%는 연기라는 사실.
여자들끼리 꽃다발 선물에 대해... 별로 쓸데도 없는데 왜 자주 할까?
돈 아깝다! 라는 수다를 떨기도 하거든요.
뭐든지 실속을 좋아해요. 실속적인 가방 선물?^^

14. 터프한 남자 VS 섬세한 남자

이 질문은 여자들이 긱긱 개인적 취향에 따라 다르다고 말할 수 있겠네요.
근데... 가끔 다투거나 여자가 속상한 일이 있을 때,
세심하게 여자의 다친 곳을 치료해주는 섬세한 남자엔 여자들이 100% 감
동해요.

15. 학벌 좋은 남자 VS 능력 있는 남자

2세를 위해서는 학벌도 (머리도) 좋으면 좋지만. 뭐 능력 있는 남자가 평생
여자들을 우울하게 만들지 않으니까 능력 있는 남자가 1순위!
여자들이 결혼 후 모임에 나가면 남편의 자랑을 하면서 수다를 떨게 되는데
능력 없이 학벌만 좋으면. 학벌 자랑은 잠깐이니까.

16. 지금은 능력이 부족하나 미래가 있는 남자 VS 현재 능력 있는 남자

현재 능력 있는 남자는 사기꾼이 아니면 미래도 보장 되는 거 아닌가?^^
만약 현재 능력 있는 남자가 불안정한 상태라면,
능력이 부족하나 미래가 있는 남자를 택하는 게 여자.
여자들은 결혼해서 남자들이 자기보다 돈을 많이 벌길 원하지 여자가 먹여
살리거나 하는 걸 끔찍이 싫어하거든요.

17. 매일 만나자는 남자 VS 가끔 만나자는 남자

여자들은 사랑하는 사람을 매일 만나고 싶어 하지만... 돈 많은 백수가 아닌
이상 매일 만날 순 없으니 가끔 만나도 그 시간을 소중하게 특별하게 만들
어주는 남자였으면 바라죠.
그런데... 여자들은 남자가 너무 일 때문에 만나는 일이 없어지고 그러면 백
이면 백 토라진답니다.
괜히 자존심 때문에 '열심히 일해. 어쩔 수 없지, 뭐.' 라고 하지만
속으로는 부글부글... 이 남자를 만나야 하나 라는 생각을 하죠.

18. 친구가 많아 자주 못 만나는 남자 VS 여자 친구 만 만나는 남자

친구 많은 남자, 남자로서 좋아하긴 하는데 그들과 너무 친밀한 남자는 점
수 마이너스 100점!
여자들이 싫어하는 것 중에 데이트 하는데 저녁 술자리에 꼭 친구들이 끼는
남자거든요. 그 문제 때문에 헤어지는 여자들이 많답니다.

그렇다고 자기 주변 관리 하나도 안하고 나만 만나주는 남자도 한심하게 느
끼는 게 여자! 인간 관계도 맥가이버처럼 하는 남자가 멋있다고 느끼는
게... 아무래도 여자에요. ^^

19. 능력 없어도 착한 남자 VS 능력 많은데 까다로운 남자

이 질문은 둘 다 땡!
'남자의 능력' 이라는 건 거의 목숨에 가까운 것이라고 여자들은 생각해요.
그 능력이 지금 비록 없지만 가능성이 보인다든지 하는 것.
그런데 능력 없이 착하기만 한 사람은 여자들이 한심해 하고
그렇다고 능력을 무기로 여자에게 까다롭게 구는 남자는 외면 받는 1순위.

20. 전화 자주 하는 남자 VS 문자 자주 보내는 남자

마지막 질문이네요~
바쁠 땐 문자 자주 해주고. 여유 있을 때 (예를 들어 볼일 보고 나올 때, 담배 피
러 나갔을 때 : 직장을 잠시 벗어났을 때) 그땐 전화를 해주는 센스!!!

그러나!
남자들도 그렇겠지만 문자에서는 의도가 분명히 드러나지 않을 때가 있잖
아요. 목소리로 하는 전화는 감정이 묻어나니까. 여자들은 전화를 바라죠.

이정도면 여자들의 취향을 잘 설명했는지 모르겠네요.
이 답변에도 어느 정도 개인적인 생각이 많이 들어갔으니 참고해 주세요.

언젠가 우리나라엔 나쁜 남자가 대세로 자리 잡아 여자에게 인기가 있으
려면 '나쁜 남자' 로 변신해야겠어. 라고 생각하는 남자들도 있다고 그러
던데...

여자들에게 나쁜 남자는 여자의 입장에서 대충 알 것 같은데
왜 남자는 남자가 볼 때 더 정확하다. 라고들 하잖아요?
남자들이 볼 때 '나쁜 남자' 란 어떤 남자인가요?

만약 돈테 님이 여자 형제가 있어서 충고를 한다고 생각하고
'이런 남자는 조심해라' 라고 하는 항목들을 좀 알려주세요.

이 세상에 '나쁜 남자' 인지 모르고 자꾸 퐁당 빠지는
가련한 여자들을 위해 부탁 드려용~
소개팅 하기 전 체크해야 할 필수 항목이기도 해서요. ^^

조심을 하려해도
그 이전에 마음을 먼저 뺏겨 버리는 게
현실이니까.

CHAPTER19.
이런 남자
조심해라
VS
여자가 볼 때
나쁜 여자

여성 대변화를 위한 한 남자의 혁명 투쟁기!
그 18번째 전단지

남자가 태곳적부터 외모를 따져왔다면 그에 못지않게 여자들에게 있어 남자의 능력이 얼마나 중요시되는 지를 아린 님의 답변을 통해 새삼 느끼게 되네요. 더군다나 이 역시 남자의 외모 최고주의와 더불어 향후 수 만 년 간은 지속될 거란 생각에 앞으로 태어날 저의 2세 걱정까지 하게 되네요.
(마시고 있는 라떼마저 씁니다. 씁쓸하고만...)
제발 똑똑하고 능력 있는 놈이 태어나야 할 텐데...
(그나마 인물은 날 닮으면 괜찮을 거란 사실에 위로가 되네요.^^)

아린 님의 답변을 종합해 보면 어찌됐건 초반 선택은 겉으로 보이는 모습과 능력으로 결정될 확률이 높다는 얘긴데... 그럼 60년 전통 사골국처럼 시간이 지날수록 우러나 그 진가를 알 수 있는 남자들은 자칫 잘못하다간 기회 한 번 얻지 못하는 신세가 될지도 모를 일이네요.

뭐 기회가 있어야 자신을 보여 줄 텐데...

설사 기회를 얻더라도 결국은 능력남에게 지친 여자의 2지망 대상으로 살아가야 한다고 생각하니 참으로 처절한 운명이 아닐 수 없네요.
(여기서 잠시 이기적인 멘트 날리자면... 저는 그 정도는 아닌 것 같아 다행이네요. 휴우.)

근데, 이걸 하나 말씀드리고 싶네요.
항상 2인자로 살아오던 남자가 기회가 오면 그 누구보다 맺힌 한을 풀기 위해 독하디 독해진다는 사실! 그간 2인자로 머물렀던 설움을 1인자를 포기하고 자신을 선택해 준 여자에게 고스란히 푼다는 거죠.

특히나 결혼이라는 완전한 족쇄를 통해 여자를 자신의 품으로 끌어들이는 순간, 그 동안의 자신이 입었던 상처를 여자에게 고스란히 돌려줍니다.
180도 달라지는 거죠. (왜 가끔 열렬히 짝사랑하는 남자의 정성에 넘어가 결혼한 친구들 중에 남편이 연애 때와는 180도 달라졌다며 사기 당했다고 울부짖는 친구들 있잖아요.) 만나 주기를 애타게 기다렸듯, 뻔히 마누라가 기다리는 걸 알면서도 늦게까지 술을 마시고 들어온다든지...

자기 의견은 애당초 접고, 오로지 여자의 여자에 의한 여자를 위한 삶을 살아왔던 과거를 역전시켜, 부인의 의사는 무시한 채 자신의 생각대로 하며 무조건 따라오라고 강요하는가 하면... 자신이 뻔히 앞에 있는데도 다른 남자(매력남, 능력남)와 통화한다든가, 딴 남자(매력남, 능력남)를 만나느라 자신과의 약속을 어긴 것에 대한 복수로 직장 동료라느니 후배라느니 하며 태연히 통화하거나 만나는 등등의 행동들 말이죠.

가끔 참다못한 여자가 강력 처방으로 (물론 진심이라기 보단 겁을 주기 위해...) 이혼 서류를 내밀면 겁을 먹기는커녕 태연히 서랍에서 인감 도장을 들고 오는 어이상실의 광경을 경험 할 수도 있습니다. 그러니 '세상에 이런 일이'에 제보 할 만 한 황당 상황을 겪지 않으려면 좀 더 눈과 귀를 열고, 무엇보다 마음을 열어 진심으로 다가오는 2인자에게 친절 봉사 할 수 있는 기회를 주세요. 그럼 그 태양과 같은 은혜로움에 평생... 아니, 사후 200년 이상은 당신이라는 태양을 바라보며 떠받들고 살아 갈 테니까요.

지금 주위를 둘러보세요.
"태양님, 제발 당신에게 나를 보여 줄 수 있는 기회를 주세요. 당신을 위해서라면 이 한 목숨 바쳐 평생을 몸종이 되겠습니다. 그러니 제발... 한번 만나줘요~ 훌랄랄라~ 제발 만나줘요 훌랄랄라~"
아우성이 들리지 않는지...

얘기하다 보니 아린 님이 질문한 남자들이 보는 나쁜 남자는,
바로 여자들이 1순위로 생각하는 능력남, 매력남들이 아닐까 싶네요.

여자들이 줄줄 따르니 여자 귀한 줄 모르니까요. 상처를 줘도 상처 준 줄 모르는 경우도 있겠죠.

피치를 올려 좀 더 구체적으로 풀어 볼까요.

남자들이 생각하는, 아니 돈키훈테가 생각하는 이런 남자 조심해라!!!

BEST 3. 빠밤~

챕터 1. 누가 봐도 나에게 과분해 보이는 잘난 놈.

이런 남자가 평소에는 관심도 주지 않다 갑자기 급 호감을 표시하며 다가온다면 일단 조심! 분명 꿍꿍이가 있을 확률이 꽤 높답니다.
어느 날 갑자기 힘든 표정으로 급전이 필요하단 사실을 넌지시 흘리며 당신을 은행창구로 인도할지도 모릅니다. (적금 만기일은 어떻게 알았는지...)
막상 돈을 갚기로 약속한 날이 되면 조금 양심 있는 놈은 미안하다며 기한은 명확치 않지만 언젠가 갚겠다는 문자라도 남기지만 대다수는 감감무소식이 되죠.
이에 참다못해 전화기를 들면 들려오는 교양 있는 비서의 멘트.

"지금 거신 번호는 고객의 사정에 의해 당분간... 아니, 영원히 연락이 두절되었습니다, 그러니 그 돈 떼었다 생각하세요. 호호호..."

※ 자신이 짝사랑하던 남자가 한동안 연락도 없다 갑자기 나타나 애인 마냥 급 친절과 호의를 베푼다면 특히 경계하시길 권고 합니다. (혹시 이미 당하신 건 아니죠?)

챕터 2. 사랑한다, 좋아한단 말을 자주 쉽게 하는 남자.

이런 남자는 일단 연애 경험이 상당한 경지에 오른 연애 전문가(바람둥이)들이죠. 그 중에서도 상급자 계층입니다. 대개의 남자들은 잘 표현하지 못하는 그래서 여자들이 자주, 가장 듣고 싶어 하는 말…

"사랑해", "좋아해"를 그 누구보다도 진실된 눈빛으로 그리고 어색하지 않게 그 때 그때 분위기에 맞게 구사하죠. 절대 여기에 혹해선 안 됩니다.

진짜 진실된 사랑을 하는 남자라면 그 무엇보다 어렵고 왠지 어색해 쉽사리 꺼 내지 못하는 경우가 대다수니까요. 하지만 마음속으로는 그 누구보다도 당신을 사랑한다는 사실은 분명합니다.

왜 남자는 사랑을 가슴으로 말한다고 하잖아요.

허나, 아린 님 말대로 청각에 예민한 여자들에게는 가슴의 울림이 들릴리 만무. 귓가에 울리는 한 마리 늑대의 속삭임에 홀려 넘어가는 경우가 많은데 필히 주 의를 요망합니다.

뭐, 그렇다고 "사랑한다, 좋아한다." 말하는 남자가 모두 나쁜 남자는 아니에요. 때론 감성 지수가 아이큐보다 높아 마음을 주체하지 못해 표현하는 남자들도 있으니까요. 그 경우에는 아주 미세하지만 당신이 느낄 수 있는 진실된 감정의 울림이 있습니다. 바람둥이들과는 분명한 차이가 있죠.

챕터 3. 나에게만 잘해주는 남자.

여자들은 모든 이들에게 친절한 남자보단, 남들에게 못되게 대해도 자신에게만 은 잘해주는 남자에게 끌린다는 얘기를 들었는데, 이건 단순히 보면 옳은 선택 입니다. 하지만 때론 도리어 크나큰 상처로 돌아오는 경우가 생기기도 합니다.

처음에는 오직 나에게만 잘해 주니 바람도 안 피울 것 같고, 공주 대접 받고 살 아갈 것 같지만 그 친절 봉사가 어느 날부터 점점 집착과 구속으로 변해 갈 수 도 있단 사실을 명심하세요. 뒤늦게 깨닫고 혹 당신이 벗어나려 탈출이라도 감 행하는 날엔 배신자로 간주하고 지구 끝까지 쫓아가 처절한 복수를 감행할 수 도 있습니다.

사전에 적당한 감정 조절을 하는 게 행여나 일어날 불상사를 예방하는 길입니다.

※본 내용을 간과할 시 당신도 9시 뉴스의 사건사고에 끔찍한 주인공이 될 수도 있음을 귀띔해 드립니다.

그 외에도…
▶ 궁금증 많은 남자. 특히, 과거나 행적에 대해 자주 묻는 경우.
  "나이트 좋아해?", "동거해 본 적 있어? 안 해 봤음 그에 대해 어떻게 생각해?"
  (도둑이 제 발 저린다고 이는 곧 자신도 비밀이 많다는 얘기.)
▶ 갑작스레 약속을 자주 취소하거나 바꾸는 남자. (양다리일 가능성이 다분함.)
▶ 자신의 친구나 주변 사람을 소개시켜주지 않는 남자. (당신에 대한 확신이 없거나, 거짓된 말이나 행동을 했을 가능성이 큽니다. 행여 진실이 드러날까 봐 두려운 거죠.)

이 외에도 수두룩하지만 더 이상 얘기했단 저 또한 남잔데 너무 치부를 드러내는 것 같아 여기까지!

사실 저의 이번 질문은 좀 전, 제 앞에서 벌어진 상황을 두고 물어보려고 했는데… 그건 다음으로 미루고, (참고로 좀 전에 맞은편 자리에서 한바탕 연인의 고성이 오가는 다툼이 있었거든요.)

질문을 급 변경하도록 하겠습니다.
예상하셨겠지만, 바로 물귀신 질문입니다. (저 혼자 죽을 순 없죠.^^)
남자들이 모르는, 또는 오해하거나 착각하고 있는 나쁜 여자이자 조심해야 될 여자들에 대한 적나라한 공개 부탁드려요~

_남자는 사랑을 가슴으로 말한다고 하잖아요.

이틀 후 여자들이 좋아하는 그대의 이름은 나쁜 남자.
왜... 나쁜 남자들의 성향을 갖춘 평범남들은 없는 건지
이 속상한 마음을 담은 **열. 아. 홉. 번. 째. 편. 지**

이번 돈테 님의 메일을 받고는 절망의 늪에 빠져버렸어요.
설마설마했는데...
역시나.
여자들이 원하는 남자 스타일!

외모, 능력 좀 되고 하루에 3번 이상 사랑한다 좋아한다 말해주며
나 아닌 다른 여자들을 돌 보듯 하는 그런 남자.
여자들이 내 남자친구는 이랬으면 좋겠다고 생각하는 요소들이
모두 다 나쁜 남자가 가진 특징이라니...

혹시 잘못된 조사 아닐까요? 진짜 남자들이 다 이런 건가요?
왠지 돈테 님이 의심스러워지네요. 혹시 나쁜 남자를 질투해서 그런 건 아
닌지...

뭐... 성급한 일반화의 오류가 어느 정도 있다는 건 알겠지만
그래도 내 남자친구가 혹시나 이중 하나의 성향을 띤다면 의심부터 해야 하
는 현실이 슬프네요. 흑~

그럼 이쯤에서 돈테 님이 나쁜 여자는 또 어떤 사람들인지 궁금해 하셨으니
얘기를 해드려야죠.

솔직히 여자가 볼 때 나쁜 여자는

'좋아하지도 않는 남자한테 고가의 선물을 빼내는 여자'

'오빠나 친구라는 이름을 지어놓고 자기 힘들 때만 그 남자를 찾는 여자'
'남자친구 있으면서 다른 남자에게 희망을 심어주는 여자' 가 아닐까 싶
어요.

그런데... 이런 나쁜 여자들도 남자들이 볼 땐... 예뻐 보이는 게 문제죠.
남자들도 항상 나쁜 남자한테 멍청하게 당하는 여자 보면
'아니 왜 저 나쁜 게 안보이지' 하고 안타까워하잖아요.
나쁜 남자를 만나는 여자들의 눈에는 그 나쁜 점이 안 보여요.
내 눈에 콩깍지가 아니라 돈테 님이 얘기해 준 것 처럼 그 나쁜 점이 여자한
테는 좋은 점으로만 보이니까..

그런데. 여자들도 마찬가지예요.
'야~ 나 그 오빠한테 샤넬 백 받았다?'
'너 그 오빠 안 좋아하잖아?'
'왜~ 내가 사달라고 하면 사주는데... 선물 받는 재미로 사귀는 거지~'

이런 여자애들에게 당하는 한심한 남자들이 딱하기도 한데
여자지만 냉정하게 그 여자를 보면...

참 예쁘고
애교도 많고
몸매도 좋고

남자들이 좋아할만한 외모와 성격적(착한 여자가 아니라 여우같은 성격)인
장점을 타고 난 것 같아서 여자로서도 인정이 된단 말이에요.

'내가 남자라도... 헤~ 하고 넘어가겠다.'

이게 어쩌면 아이러니 같아요.

"조심해야지. 이 여자가 고가의 선물을 바라는데 이 여자 나쁜여자 아니야?"
하고 조심을 하려해도 그 이전에 마음을 먼저 뺏겨 버리는 게 현실이니까.

이런 말이 있잖아요.
**결혼할 상대를 고를 땐 동성인 친구가 최고라고 인정
하는 사람을 만나라.**

여자도 남자도 동성 친구가 '조심해' 라고 하는 사람은 만나지 않는 게
좋겠단 생각이 드네요. 괜히 제가 돈테 님에게 '나쁜 여자는 이런 여자들이
예요. 조심해욧!' 하고 항목을 줘봤자 왠지 '이런 여자면 땡큐지~' 라고 할
것 같아요.

우리 약속 하나 할까요?
서로에게 괜찮은 사람이 생기면 물어보기!!!
그리고 솔직하게 그 사람이 나쁜 사람인지 좋은 사람인지 얘기해 주기! ^^

나쁜 남자라는 개념을 여자들은 바람둥이라고 생각하는데...
이런 말이 있어요. **이게 어쩌면 또 여자들끼리 서로에게
심어놓은 희망일지도 몰라요. 바로 '바람둥이도 임
자를 만나면 정신 차리고 헌신적이 된다.' 라는 말
인데요.**

그래서 여자들은 나쁜 남자인걸 알면서도 "내가 이 남자의 임자일지도 몰라." 하고 착각을 하고는 희망을 품고 그 남자를 사랑하게 되는 것도 있거든요.
실제로 제 주변의 나쁜 남자 한명도 임자를 만나 주변 여자들을 싹 정리하고 결혼해서 행복한 가정을 꾸리며 바른생활 남편으로 사는 사람이 있거든요.

이 경우를 보면 이 명제가 진리인 것도 같은데
진짜 나쁜 남자들도 임자를 만나면 개과천선하고 자기 여자에게 올인하며 헌신적이 된다던데...

사실인가요?

또 '제 버릇 개 못준다.' 는 속담처럼 언젠가 '나쁜 남자' 의 본능이 다시 시동을 걸 것 같기도 하고...

진짜, 어떤가요?

사랑의 늪이 아닌 외모의 늪에 빠져 사는
남과 여를 위한 그 열아홉 번째 편지.

항상 얘기하지만 저의 모든 답변은 어디까지나 최악의 상황을 기준으로 한 보편적인 예일 뿐이에요. 결코 모든 남자들이 진실을 감추고 가식적이고 전술적으로 여자를 대하는 사냥꾼만은 아니니 너무 큰 실망은 하지 마세요.

그리고 모든 여성분들께 한마디 덧붙이자면,

보편적 남자들이 여자가 바라는 만큼의 표현을 하지 못하는 건 단순히 표현에 서툴거나 낯설어서만은 아니에요. 그들도 나쁜 남자들처럼 사랑한다 말하고 싶고 늦은 밤 전화해 닭살 돋는 세레나데를 부르고 싶지만...

참는 거예요.

당신을 향한 열정이, 당신을 위하는 사랑이...
모이고 모여, 어느 순간 더 이상 그 무게를 주체할 수 없을 때,
그 때 비로소 무릎 꿇고 평생 당신의 기사가 되기로 맹세하며 증표의 반지를 건넬 명예로운 순간을 위해!

그게 남자예요.

남자에게 명예는 곧 자신을 버리는 것이기에 그만큼 신중할 수밖에 없는 거죠.

그러니,

"왜 사랑한단 말 안 해?"
"왜 보고 싶단 말 안 해?"
남자를 의심하거나 닦달하지 마세요.
그때마다 조금씩 표현하게 하고, 뜯어내다 보면,
결국, 당신 손에 끼워질 다이아반지의 캐럿 수만 작아지니까요.
(에공, 요즘 금값이랑 다이아값 엄청 올랐다던데 내가 장가 갈 땐 좀 떨어지려나...)

문득 재미난 생각이 드네요.
과연 나쁜 남자와 나쁜 여자가 만나면 어떻게 될까?
(마치 어린 시절 600만불의 사나이와 소머즈가 싸우면 누가 이길까라는 상상처럼 말
이죠.)
한편으로 보면 잘 어울릴 것 같기도 한데...
서로를 알아보고 애당초 시작도 하지 않으려나?
어찌 됐든 아린 님의 충고처럼 행여나 여우의 덫에 걸리지 않기 위해서라도 앞
으로 동성에게 조언을 구할 것을 제 주변 남정네들에게 다단계 방식으로 전파
할까 봐요.

그런 의미에서 약속에 대해 저 또한 완전 찬성입니다.
저두 괜찮은 사람 생기면 물어 볼 테니,
아린 님 또한 솔직하게 평가해 주세요. ^^

풋~^^
갑자기 왜 웃냐고요?
아린 님 질문을 읽다보니 재밌는 걸 찾았거든요.
나쁜 남자, 즉 늑대가 임자를 만나면 개과천선 할까?
썰렁하군요.

얼른 본론으로 들어가죠.
나쁜 남자도 임자 만나면 당연히 개과천선 합니다.

단, 그 임자가 늑대가 꼬랑지 내릴 호랑이 정도는 돼야겠죠.
다시 말해, 제 아무리 나쁜 남자도 콩깍지가 씔 임자가 나타나면 변합니다.
그 변화는 친구들조차 가히 놀랄 정돕니다.
그녀를 위해 24시간 대기하는 몸종을 자청하거든요.

하지만, 절대 방심은 금물!
전혀 예상치 못한 훼방꾼들이 등장하거든요.
다름 아닌 남자의 친구들입니다.
그들은 의리를 핑계 삼아 남자에게 씌운 콩깍지를 벗기기 위한 안과 의사를 자
청해 나섭니다.

의리를 표방한 질투가 숨겨져 있는 거죠.
끈끈한 우정에 어느 날 균열을 일으킨 침략자에 대한 공격이죠.
여기 오랫동안 함께한 베프(베스트 프렌드) 삼총사가 있습니다.
그런데 어느 날 멤버 중 하나가 여친이 생겼다며 모임에 자주 빠지는 상황이 생
깁니다. 그리고 점점 그 횟수가 늘어가면 친구들은 슬슬 서운하기도 하고 한편
으로 친구를 빼앗아 간 여자가 미워지죠.

그러다 결정적 사건이 터집니다.
멤버 중 하나의 생일을 기념해 나이트를 가기로 한 약속을 여자와의 100일 기
념을 이유로 남자가 지키지 않은 거죠. 나이트 부킹 성공률이 셋일 때 가장 높
다는 사실을 익히 알고 있던 친구들은 결의를 맺습니다.
둘 사이를 갈라놓기로...

며칠 후,
미안한 맘에 함께 자리한 남자에게 서운함을 쏟아내며,
여자가 싫어할 만한 곳으로 남자를 이끕니다.
콩깍지를 벗기기 위한 라식 수술을 위해 화려한 레이저빔이 눈 돌아가게 만드
는 나이트 클럽부터

안구정화를 핑계로 시원시원한 기럭지의 여자들이 가득한 모터쇼며...
연예인 뺨치고도 남을 1급수들이 넘쳐나는 강남의 룸살롱까지...

진료일(?)이 늘어가며 '세상에 여자는 많다.' 라는 잊고 있던 진리가 남자의 콩
깍지에 결정타를 날립니다. 정신이 번쩍 든 남자는 돌연 여친을 대하는 자세가
달라집니다. 독재통치에 대한 쿠데타를 일으키는 거죠.

쿠데타가 무서운 이유가 뭡니까?
전혀 예상을 못한다는 겁니다.
그렇게 넋 놓고 일격을 당한 여자는 배신감에 외칩니다.
"네가 어떻게 나한테 이럴 수 있어? 이 나쁜 놈아!"
미안하지만, 충분히 그럴 수 있습니다.
왜냐?
쿠데타가 일어나는 건 군주의 잘못도 분명 존재하니까요.
너무나 꽉 쥐고 옴짝달싹 못하게 하니 불만, 불평이 생기는 거죠?
"친구들 다 바람둥이들이잖아, 그러니까 만나지 마!"
"뭐, 나이트...!? 미쳤어, 당장 나와!"

온통 구속과 제약 뿐이니 답답함은 더욱 커지고 도저히 참을 수 없는 한계 상황
에 이르면 몰래 탈출을 감행하죠.
"지금 어디야?"
"응, 몸이 좀 안 좋아서 집에 누워있어."
"그래, 알았어..."

하지만 현실은...
"지금 어디야?"
"응, 너 때문에 답답하고 몸에 좀이 쑤셔서 나이트에서 몸 풀고 있어."
라는 사실!

남자를 영원히 당신의 품, 당신의 손바닥 안에 놓고 싶다면,

그 누구보다 그를 자랑스러워하며
그 누구보다 그를 믿고 있단 사실을 느끼게 해주세요.

"자, 이거."
"웬 향수?"
"친구들 만난다면서…"
"응."
"그럼 분명 나이트 갈 거 아냐? 이 향수 여자들이 좋아하는 향이야. 여자들 후각에 민감하거든… 딴 친구들보다 인기 많아야지. 난 내 남자 어디 가서 지는 거 싫어!"

순간, 남자는 수화기를 들어 친구들과의 약속을 취소하고 밤의 열기를 당신과 함께 할 겁니다.

이건 비단, 나쁜 남자를 위한 처방전만은 아닙니다.
당신의 남친을 영원히 당신 곁에 두고 싶다면 당신만큼 그를 위하는,
그리고 자랑스러워하는 사람이 없음을 느끼게 해 주세요.
자연스레 남자는 자신이 가장 빛나는 순간은,
바로, 당신과 함께 있을 때임을 깨닫게 될 겁니다.
더불어 이후로 항상 당신 곁을 떠나지 않을 겁니다.
자기를 인정해 주는 이에게 헌신하는 건 당연한 거니까요.

그러니 아린 님 앞으로 새로이 맞이할 당신의 반쪽에게 희망 전도사가 되어 주세요!
그럼 당장 개종하고 교주인 당신의 훌륭한 신도가 될 테니까요.

여기서 잠깐!
한 가지 부탁이 있어요.
제발 한 명의 신도에게만 희망을 전해주세요.
무슨 말이냐고요?

가끔 남친이 있으면서도 또 다른 남자에게 희망을 심어주는 여자가 있더라
고요. 요즘 제 친구가 고민하고 있는 문제가 바로 요놈입니다.

사건인 즉,
우연히 저를 통해 알게 된 한 여자를 짝사랑하게 된 제 친구.
그런데 분명 제가 알기론 그 여자는 남친이 있거든요.
근데 친구가 간접적으로 감정을 표현하며 호감을 보이자, 별 거부 반응 없이 연
락하고 지내며 때론 남친 대하듯 한단 겁니다. 물론, 진작 알았다면 제가 뜯어
말렸을 텐데 친구 녀석이 저에게 감추고 몰래 만나왔더라고요.

결국, 연애 경험이 별로 없는 제 친구는 저에게 어찌할지 고민을 털어 놓았
는데... 저 또한 딱히 명확한 답변을 해 줄 수가 없어 이렇게 아린 님께 SOS를
칩니다. (아린 님 아니었음 어쩔뻔 했나 몰라...^^)

남친 있는 여자가 다른 남자에게 이성적인 호감을 보이는 건 왜 인지?
그리고 이루어질 가능성이 있는 건지?

답답한 제 친구의 가슴을 뻥 좀 뚫어 주세요!!!

역으로 여친의 외도 기미를 알 만한 행동이나 특이사항에 대해서도 덧붙여 주
시면 감사하겠습니다.

아린 님 보시와용~

제가 소개팅을 하는 것도 아닌데...
넓은 오지랖에 그간 깃든 정(?) 탓인 가,
아린 님이 왠지 우물가에 내놓은 아기 같은 건 왜일까요? ^^
해서 부디 이번 소개팅의 성공을 기원하며 몇 가지 팁을 알려드릴게요.

*약속 시간보다 5분 정도는 일찍 도착하는 센스!
　(걱정 마세요, 남자는 이미 30분 전에 약속 장소에 나와 있을 거니까요. 남자들은 시
　간 개념에 대해 아주 중요하게 생각하거든요. 아마 +10점은 먹고 들어 갈 거에요. ^^)
*상대가 맘에 들면 찻값 정도는 아린 님이 내세요.
　(당신의 센스에 남자의 맘이 성큼 다가올 거니까요.)
*평소 그렇지 못하더라도 적당한 다소곳은 필수인 거 아시죠?
　(여자는 여자다운 맛이 있어야 남자가 끌리는 법이거든요. 그렇다고 입 가리고
　"호호호..." 요건 오버입니다.)

부디 성공을 기원할게요.
만약 실패하면 제가 직접 만나 일대일 스파르타 교육 실시할 거니까 그런 불상
사(?)가 일어나지 않게 잘 하세요!

아자! 아자! 홧팅!

다음 날

알면 알수록 알 것 같기도 하고 도무지 알 수 없을 것 같은
남자에 대한 질문 스. 무. 번. 째. 편. 지

버릇처럼 메일에 번호를 붙이게 됐는데...
어느새 이렇게 '스무 번째' 편지라니...
왠지 성인식 때 키스를 기대하는 스무 살처럼 떨리는데요? ㅋㅋ

하루하루 정신없이 지내다가 돈테 님께 이렇게 메일을 쓰는 시간만큼은 아
팠던 기억, 행복했던 기억도 떠올리며 생각할 수 있어서 그랬는지 괜히 별
것도 아닌 숫자에 설레고 그러네요.
(이런 메일에 설레고 이러니까 없어 보이죠? 험....--+)

돈테 님의 이야기를 읽다보니.
남자는 참 아이 같단 생각을 하게 되네요.^^

결혼한 어른들이나 친구들이 남편을 아들 하나 더 키우는 느낌 같단 말을
할 때 무슨 소리야... 라고 공감 할 수 없었는데 지금까지 돈테 님의 남자에
대한 답변을 쭉~ 떠올려보니 남자들은 모두 어른 아이 같다는 생각이 들
어요.

아이들 키우듯 너무 혼내지만 말고 어르고 달래며 만나라.
왠지 이렇게 생각하니까 당장이라도 남자친구가 생기면 매일 나를 업게 할
만큼 잘 할 수 있을 것 같단 무모한 자신감이 생기는데요?

그런데 말이에요.
클럽 가는 남자친구를 위해 향수를 건네는 짓은 죽었다 깨어나도 못하겠
네요. 그건 드라마나 영화에서나 가능한 일.

현실에선 아마 두 다리를 꽁꽁 묶어서 나가지 못하게 감금할 거예요.

혹시나 쿨~하게 다녀오라고 얘기하는 여자들이 있다면
그녀는 마음 속의 손가락을 하나씩 접으며 '3번 이상이면 죽었어~' 라고
죽음(?)의 카운트다운 중이거나, 그 남자에게서 마음이 떠난 것이 분명해요.

**이렇게 또 화성남자와 금성여자의 좁힐 수 없는 거리
가 느껴지네요.**

영원히 가까이 가고 싶어도 신이 그렇게 만들어 놓은 터라 어쩔 수 없는
거리.

그래도 돈테 님 때문에 조금씩 좁혀지고 있긴 해요.
막상 또 실전에 들어가면 어떻게 될지는 모르겠지만....

남자친구가 있는데 다른 남자에게 희망을 품게 만드는 여자라...
일단, 그 여자 분은 내가 말한 '나쁜 여자' 네요.
남자들이 매력을 느끼는.

그런데 이 경우는 남자가 더 심한 거 아닌가?

결혼하고서도 일하는데 불편하다는 이유로 결혼 반지를 끼지 않고 출근을
하잖아요. 사실 일하는데 불편하다기 보다 넷째 손가락에 끼워진 반지에 혹
시나 감시 카메라가 달려있지 않을까 하는 불안감 때문이라는 거 여자들은
안다고요.

그런데 돈테 님 주변에 남자 친구가 있으면서도 조금씩 마음을 흘리는 여자
가 있다... 일단, 이 경우.
그 여자가 남자친구와 만난 날짜가 어떤가가 중요할 수 있어요.
아직 100일 전이다 라고 하면 그 여자는 그 친구 분을 친한 오빠 이상으로
생각하지 않을 수 있어요.

그런데 1년이 지났다.
그럴 경우엔... 조금 가능성이 있다고 해두죠.
그런데 이 상황에서도 여자가 진짜 남자친구 대하듯 할 경우에만 해당돼요.

전화해서 만나자고 했을 때 별로 튕기지 않고 나온다든가
뭔가 힘든 일이 있을 때 바로 전화하는 경우,
남자친구에게서 조금 마음이 떠 있는 상태라고 볼 수 있는 거죠.

남자친구와의 사이가 안 좋을 경우에는 거의 100%!
자신의 다음 남자친구 후보로 그 남자를 심사하고 있는 거예요.

그런데...

슬픈 결론을 말씀드리면
여자의 경우 잠시 마음이 떠났더라도 옛날 남자친구에게 돌아갈 확률이 커요.
남자친구가 조금만 여자친구에게 신경을 써준다면 주변에 있던 위성들을
모두 정리하고 다시 남자친구만을 바라보게 된답니다.
'그래 역시. 내 마음을 알아주는 건 내 남자친구 밖에 없어.' 라고 생각하면
서요.

만약 친구 분이 그 여자 분을 진심으로 목숨을 바칠 만큼 좋아하고 있는 게
아니면 그냥 좋은 동생으로 곁에 두는 게 서로를 위해 좋을 것 같네요.

임자 있는 사람은 마음도 그 사람에게 이미 담보가 잡혀 있는 상태라
상처와 슬픔, 아픔이라는 이자를 두둑하게 줘야 그 마음이 다시 돌아오거
든요.

임자 없는 사람을 공략하는 것이 완전한 내 사람으로 만들 수 있다는 사실
을 잊지 마세요.

물론, 임자 있는 남자를 좋아하는 여자도 마찬가지겠죠?
그런 남자를 좋아했던 친구들의 경험을 들어보면 남자들도 결국 원래의 여
자친구에게 돌아간다고 그러더라고요.

남녀 사이엔 정답이 없으니까.

내가 정확하게 던진 신호도 상대방에 따라 암호처럼 헷갈리게 들릴 때가
있고 한편 아무 의미 없이 던진 신호를 상대방은 또 오해를 하기도 하고.

후아... 참 어렵다. 그렇죠?

저는 요즘 돈테 님이 보내준 답변을 꼼꼼히 다시 읽어보고 있어요.
조만간 소개팅 날짜를 잡으려고요.

친구가 그러는데 꽤 괜찮은 사람이고 저와 잘 어울릴 거라고 하더라고요.
다행히 그분이 좀 바빠서 2주 후 정도에 소개팅을 할 것 같아요.
두근두근... ^^

이쯤에서 또 알고 싶은 진실 하나를 물어볼게요.

제가 O형인데.. 좀 눈물이 많은 편이예요.
그래서 남자친구와 사귈 때... 속상한 일이 생기면 눈물이 나더라고요.
그러면 남자친구는 어쩔 줄 몰라 하며 위로해 주고 했었는데...

남자는 정말 눈물에 약한가요?
여자의 눈물은 무기가 될 수도 있다는 말이 있는데...
여자의 눈물은 어떤 효과가 있나요?
갑자기 내가 너무 자주 울었던 그 옛날.
남자친구가 저의 눈물에 질리진 않았을까... 생각이 들어서요.
다음에 새로운 사람을 만날 때 조절을 해야 할지...
수도꼭지가 조절이 가능할 지는 잘 모르겠지만 궁금하니까 알려주세요. ^^

예전 같으면 얼른 미안하다며 어떻게든 달래려 애썼을 테지만,
흔한 반복에 지친 남자는 달래기는커녕, 눈 하나 깜빡 안하고 물끄러미 지켜볼
뿐입니다. 울다 제풀에 지치면 그칠 걸 아니까요.

사람이 처음 맘먹기가 어렵지 한번 그리 속 편하게 맘먹고 나면,
여자의 눈물은 유효기간 지난 약에 불과한 거죠.
그러니, 오래오래 약효를 유지하려면 틀면 나오는 수돗물처럼 콸콸 쏟아내지
말고 프리미엄 생수 에비앙처럼 비싸게 여기고 조금씩 아껴가며 눈물샘 밸브를
여세요.

여자의 가장 강력한 무기, 눈물…
"막 틀고 쓰다보면 외기러기 꼴 못 면한다!"

가만, 근데 갑작스레 불현듯 궁금해지는데…
그럼 남자의 눈물은 여자에게 어떤 의미가 있나요?

저의 본 질문은 지난번 묻지 못한 연인들의 한바탕 다툼에 관한 걸로 할게요.

"나쁜 새끼!"
지난 O일 O시 O분에 조용한 카페 안에 제 귀를 의심할만한 큰 소리가 울려 퍼
졌어요. 반사적으로 바라본 저의 눈에 연인으로 보이는 한 커플이 다투고 있는
모습이 들어오더군요. 알다시피 세상에서 가장 재밌는 구경거리 중 하나가 싸
움 구경 아니겠어요. 힐끔거리며 정황을 주시하고 있노라니 또 한 번의 외침이
여자의 입을 통해 쏟아져 나왔어요.

그리고 이어진 펑펑 눈물…
주변을 의식한 남자가 어쩔 줄 몰라 하는 표정으로 나가자며 여자를 일으켜 세
웠죠. 하지만, 여자는 남자의 손을 뿌리치며 더욱 화를 내더군요.

잘잘못을 떠나 남자가 불쌍해 보이더라고요.

그렇게 한참을 일방적으로 당하고 있던 남자는 결국 자리를 박차고 나가버렸어요. 여자마저 떠나자 동시에 수군거리는 사람들의 모습은 상상 되시죠?

여기서 질문,
아린 님, 보통 남녀가 공개적인 장소에서 다투게 되면 남자는 자리를 옮겨 조용히 단둘이서 이야기를 하려합니다. 하지만 여자들은 다른 것 같아요.

남들이 보건 말건 신경 쓰지 않고 화를 내거나 울면서 결론이 날 때까지 그 자리에서 끝장을 보려하는데 도대체 왜 그런 거죠?

창피하지 않나요?

만약 그럴 경우 남자 입장에선 어떻게 대처하는 게 여자를 이끌고 자리를 옮길 수 있는 현명한 방법인지...

연애 공공질서 확립을 위한 정의로운 답변 부탁드립니다.

역시 뭐든지 과하면 안 좋은 거군요.
그래도 눈물이 여자의 무기가 될 수 있다니..
괜히 핵무기 하날 가지고 있는 것 같은데요?

결정적일 때 '팡!' 하고 터트려야겠어요. 큭큭.

남녀가 싸우고 나서 '미안해' 라고 말을 하는 쪽에 남녀 중 어느 쪽이 더 많
을까요?

저는 여자지만. 남자들이 '미안해' 라는 말을 많이 하는 것 같아요.

앞에서 남자들의 '미안해' 가 뜻하는 여러 의도(?)를 공부하긴 했지만
실제로 여자보다 남자들이 '미안해' 를 말하는 빈도 수가 많은걸 보면
그 이유는 미안한 짓을 많이 하니까 그런 거 같아요.

이번 돈테 님 질문이 그런 거에요.

길에서 싸우는 연인을 보셨다고 그랬죠?
그런데 그럴 경우 남자들은 길이 아니라 다른데 가서 싸우고 싶어서 자꾸
그 상황을 피하려고 한다고 하셨죠? 그런데 여자는 그 자리에서 해결하려
고 하고.

이 경우 결국 '미안해' 라고 할 사람은 남자가 되는 거라고요.
여자라고 길에서 남자친구와 큰소리로 싸우는 그 상황이,
그리고 서러우면 눈물, 콧물을 더블 콤보로 흘리면서 징징대는 게 부끄럽지
않겠냐고요.

그런데 그 순간 여자한테는 둘 밖에 안 보이는 거예요.
왜 영화에서 보면 주변은 모두 정지한 상태이고 둘만 움직이는 그런 진공 상태 있잖아요.

주변 사람이 마스카라 덕지덕지 번진 내 눈을 보면서 욕을 해도,
그리고 왜 길거리에서 부끄럽게 싸우냐고 수근거려도 그런 건 안보여요.

다툼의 원인이 남자 쪽에 있든 여자 쪽에 있든 여자들은 빨리 그 오해를 풀고 싶은 거예요.

장소 불문하고!

이럴 때 남자들은 격한 감정을 가지고 대해봤자 싸움만 더 커지니까 감정이 잦아들면 조곤조곤 얘기해보자~ 라는 취지로 조용한 곳으로 데리고 가거나, 혹은 조금 있다가 이야기해보자 하는 걸 텐데 여자들은 그 순간 감정의 찌꺼기를 털어내고 깨끗한 상태로 둘의 관계를 만들고 싶어 한다고요.

생채기처럼 걸려 있는 그걸 빨리 풀어버려야 우리 둘이 더 사랑할 것 같으니까 그 자리에서 해결하고 다시 팔짱끼고 웃으면서 남자친구를 대하고 싶어 하는 여자들의 마음을 좀 알아 주세요. please~ ^^

만약 여자친구와 길에서 싸우게 될 상황에 처한다면
다른 곳으로 피하려 하지 말고 여자친구가 하는 이야기를 찬찬히 들어보세요.

주의의 소리에 주의의 시선에 눈 돌리지 말고
여자친구의 눈을 보면서 여자친구의 목소리에 귀를 기울이면
더 빨리 싸움도 잦아들고 길에서 10분 싸우게 될 거 1분으로 단축 된답니다.

갑자기 그 옛날~
남자친구가 '이따 얘기하면 안 되냐' 며 나를 길에다 두고 총총히 앞으로 걸
어가던 생각이 나네요.
그때 신고 있던 하이힐을 벗어 뒤통수에 던지고 싶었던 심정을 꾹 참았었거
든요.
혹시 도망갈 생각이라면 뒤통수 조심하시길!
도망가지 말고 그 자리에서, 정면에서 해결하라고요.
이건 일에서도 마찬가지 아닌가요?

남자들이 진짜 알고 보면 더 소심하다니까...
돈테 님, 인정?

돈테 님!
우리 메일로 부쩍 친해진 거 같아요. 그쵸?
얼굴도 모르면서 이렇게 속에 있는 궁금증 얘기하는 사람들도 몇 안 될
텐데..

아... 예전에 '천리안' '하이텔' 등이 유행할 때 '채팅'!
그런데... 그때의 느낌과는 또 뭔가 달라요.

고민해서 적어 보낸 후, 답장이 오기까지 기다리고 도착한 답장을 읽어
가는 묘미. 이건 분명히 서로 할 말을 치기만 바빴던 그때랑은 다른 것 같
아요.

오늘 할 질문은요.
제 친구 한 명이 꼭 물어봐 달라고 하는 질문인데요.

오랫동안 친구로 지내던 남자가 있는데
친구로 지냈으니 속이야기도 많이 하고 서로의 연애사도 다 알고
그런 사이인데 그 친구가 어느 순간 남자로 보였나 봐요.

남자들은 오랫동안 친구로 지내던 여자가
고백을 하면 어떤가요?
친구에서 연인으로 발전할 가능성은
얼마나 있을까요?
고백을 할 경우 어색해져서
친구의 관계도 끝날까요?

늘 예상을 뛰어넘는 남녀 연애 흥행작,
그 스물한 번째 이야기.

나쁜 찌꺼기를 털어내고 깔끔히 시작하려는 여자들 입장은 충분히 이해하겠어요. 하지만, 그럴 때일수록 차분히 대처하는 게 가장 현명한 방법이란 걸 윤리 시간에도 목사님 설교 말씀에서도 들어온 성인으로써 제발 흥분은 말았으면 좋겠어요. 조용조용 이야기하면 남자도 충분히 들을 자세가 되어 있거든요.

제발 좀 쉬이~ 쉬이~

남자들은 오랫동안 친구로 지내던 여자가 고백을 하면 어떤가요?
: 당황합니다.
  애써, 태연한 척 농담 말라며 웃어넘기죠.
  그리곤 불편한 자리를 벗어나려 갑자기 급한 일이 생겼다며 "전화할게."란 말과 함께 사라집니다.

친구에서 연인으로 발전할 가능성은 얼마나 있을까요?
: 거의 희박합니다.
  남자가 여자를 친구로 받아 들였다는 건 이미 이성의 매력은 존재하지 않는 거거든요. 좀 더 솔직히 말하면 성적인 매력을 느끼지 못한다는 거죠.
  남자가 여친을 결정하는데 성적 매력은 무진장 중요하거든요.
  친구와 애인 사이를 구분 지을 때 남자는 여자와의 키스를 떠올립니다.
  그녀와의 입맞춤을 상상할 때 웃음이 나거나 닭살이 돋는다면 연인으로 발전할 가능성은 제로에 가깝습니다.

고백을 할 경우 어색해져서 친구의 관계도 끝날까요?
: 그건 두 사람의 관계가 어떻게 엮여 있느냐에 따라 달라집니다.
  일적으로 자주 부딪혀야 하는 사이라면 남자는 정중히 거절하고 계속 편한
  사이로 지내자고 하겠죠.
  그렇지 않은 경우에는 불편해서 못 보겠다며 영영 이별을 고하겠죠.

친구 분과 남자가 알고 지낸지 3개월 이상 지났는데도 남자가 특별한 고백이나
제스처가 없었다면 친구 분을 순수한 친구 이상으로 여기지는 않을 겁니다. 그
러니 미안한 말이지만, 괜히 수다친구 잃어버리지 말고 맘 접으라고 전해주
세요.

제 여자 후배 중에 혈액형을 믿어도 너무 믿어, 아니 신봉에 가까운 녀석이 있
거들랑요. 평소 맘에 있던 남자도 혈액형을 들어보고는 바로 접을 정도예요.

참고로 후배는 A형인데 O형이랑 잘 맞다며 오로지 O형만 만나요.

도대체 여자들은 왜!
혈액형, 별자리, 타로, 점... 같은 것들에 집착하는 건가요~?
왜!
아린 님의 부채표 OO활명수 같은 명쾌한 답변 부탁드려요. ^^

CHAPTER 20

소개팅엔 어떤 의상과 스타일이 좋을까요?

애인 먼저 생기면 이거 반칙 아닌가...

그럼 이렇게 하는 걸로 합의하죠.
화가 났을 경우 여자는 차분한 말투로 이야기할 테니 남자는 도망가지 않고
그 자리에서 들어주는 것으로!
깔끔하죠?^^
그 자리를 피하려 도망가는 건 정말 큰 싸움의 원인이 된다니까요...
명심하세요!

그리고 이번 돈테 님의 답장은 큰 좌절이네요. ㅜㅜ

주변의 친구를 마음에 두고 있는 여자들에겐 사형 선고와도 같은 그런 이야
기라고요. 이 답변에 책임질 수 있으신 거죠?

그럼... 남자와 여자는 친구도 될 수 있겠네요.
손뼉도 마주쳐야 소리가 나는 게 진리이니. 가슴 아픈 짝사랑으로 끝나고
나면 그냥 just friend!

마음은 아프지만 좋은 추억으로 간직하면 되겠어요.
무모한 고백은 친한 친구, 좋은 사람을 잃게 할 수 있으니 그쵸?

갑자기 이 노래가 듣고 싶네요.
러브홀릭의 '인형의 꿈' 이요.

"한 걸음 뒤에 항상 내가 있었는데.. 그대 영원히 내 모습 볼수 없나요"

흠!
갑자기 혼자 왜 이러는 거죠?

정신차리라구!

여자들이 왜 혈액형 , 별자리 그리고 타로카드 등등에 목숨을 거느냐...

그 질문에 대한 대답은.
여자들은 남자들보다 환상이나 꿈을 사랑하기 때문이 아닐까 싶어요.

남자들도 어릴 때는 로봇 조종사가 된다거나 우주를 정복한다거나 하는 꿈
과 환상에 젖어 살지만 나이가 들어 현실의 벽을 느끼게 되면 현실의 벽을
느끼고 그 벽을 타고 오르는 데만 집중하잖아요. 아닌가?

그런데 여자는 그 벽 앞에서도 그 벽 너머에는 무언가 환상적인 원더랜드가
있지 않을까~
그 원더랜드로 넘어가는 해답을 타로카드나 사주 등 신비한 기운 속에 있지
않을까... 지푸라기라도 잡는 심정으로 기대하게 되는 거죠.

예를 들어 요즘 길가에 많아진 타로카드 텐트로 한 커플이 들어가서
커플의 사랑에 대한 질문을 했을 때,
타로카드를 해설해 주는 분이 하는 애기에
"어머, 어머! 진짜요? 그럼 어떻게 해야하죠?" 하고 겉으로 물어보는 건 백
발백중 여자!
'어라? 이것 봐라. 치! 웃기고 있네.' 라고 속으로만 반응하고 있는 당신은
남자인거죠.

하늘의 기운, 운명...
그리고 어딘가에 나의 수호신이 있을 거라 믿고 지내는 환상주의자 저 아린
은 여자들이 이런데 목숨 건다고 쯧쯧 혀를 찰것이 아니라 좋은 이야기는
함께 기뻐하고 나쁜 이야기는 웃어넘기며 서로의 사랑을 키워나가는 방법
을 연구하는 남자가 많아졌으면 좋겠다는 바람을 가져보네요.

이 점을 명심하시구요.

그런 하늘의 기운이 '둘이 사귀면 둘중 하나가 죽어!' 라고 할지라도
그 여자 옆에서 변함없는 사랑을 보여주는 남자가 있다면
그 여자는 아마 하늘의 뜻에도 굴하지 않는 그 남자에게 홀딱 반하고 말
걸요?

이런 일편단심이면서 여자에게 헌신적인 남자 어디 없을까요?^^

참, 이런 남자 곧 만나게 될 것 같아요.

소개팅 일정이 잡혔거든요!
자랑하는 거예요.
다음주 토요일 2시에 홍대에서 만나기로 했어요.
어쩌면 이번 질문이 마지막 질문이 될지도 모르겠단 예감이 드네요.

소개팅 땐 어떤 의상과 스타일이 좋을까요?

하나와 하나가 모여 한 쌍의 원앙이 되는 해피엔딩을 위한
스물두 번째이자, 마지막 답장

소개팅 날짜가 잡혔다니 일단 콩그레츄레이션!

부디 바람대로 좋은 짝 만나시길 바랍니다요.

그런데, 내심 밀려오는 서운함은 왜일까요...?

이놈의 정이 이래서 무섭다니까... ^^

마지막이라 생각해서 그런가, 갑자기 아린 님에 대한 궁금증이 쓰나미처럼 밀려오네요.

도대체 어떤 분일까?

무슨 일하는 분일까?

생긴 것도 살짝 궁금하고...(저도 어쩔 수 없는 남자인가 봐요^^)

키도 궁금하고,

목소리도 궁금하고,

이것저것 그간 잠재돼 있던 모든 것들이 한순간 왕창 물음표로 쏟아지네요.

(설마 남자는 아니겠죠... ㅋㅋㅋ)

우리가 볼 일은 없겠죠?

쩝~

뭐, 지금 제 주절거림이 들어오시진 않을 테니 본론으로 들어가죠.

따로 언급이 없는 걸 보아 상대가 연하는 아닌 것 같고,

그렇다면 아린 님의 나이를 가늠해 봤을 때 상대는 결혼 적령기의 남자일 것 같네요.

그렇담, 일단 의상은 커리어우먼다운 의상이 괜찮을 듯싶네요.
단, 검은색에 흰 블라우스... 요런 단조로운 건 피하시구요.
봄에 걸맞게 전체적으로 살짝 화사함이 깃든 밝은 톤에 스카프 하나 정도 둘러
매치 시켜주는 센스~
헤어스타일은 두 말 할 것 없이 긴 생머리가 제격이죠.
뭐, 웨이브로 볼륨감을 살려주는 것도 나쁘지 않고요.
어찌됐건 찰랑이는 긴 머리를 추천합니다.

추가로 몇 가지 참고할 팁을 드릴게요.
* 지난번에 귀띔 했듯이 약속 장소에 5분 정도 일찍 도착하는 거 잊지 마세요.
* 상대가 두 번 정도의 질문을 던지고 나면 한번 정도의 질문을 던져가며 대화
  를 이어나가세요. (무작정 듣기만 하거나 주저리주저리 물어보는 것 둘 다 남자에겐
  부담이거든요.)
* 제 아무리 괜찮다고 해도 절대 과거 연애사에 대해서는 모든 걸 다 말하지 마
  세요. (훗날 싸움의 꼬투리가 됩니다.)
  연애 횟수를 3회 정도로 제한하고 별 사연 없었다며 짧게 답하세요.
* 대화 도중 전화가 걸려오면 양해를 구하고 짧게 통화하고 끊으세요.
  (정말 상대가 맘에 들면 아예 핸드폰을 꺼두는 것도 좋아요. 자주 걸려오는 전화에 남
  자는 여자의 생활이 문란하다 여길 수도 있으니까요.)
* 식사자리에 가면 냅킨 깔고 수저 놓아주는 거 잊지 말구요.
* 식사 끝나면 화장실가서 치아 확인은 꼭 하세요. 가끔 아주 가끔 입에 낀 고
  추 가루를 모르고 활짝 드러내 웃는 경우를 봤거든요.
* 후식으로 차를 마시러 간 자리는 아린 님이 계산하는 건 아시죠?
* 남자의 차에서 내릴 때 조심히 문 닫는 거 잊지 마시고...
  (가끔 박력 넘치게 닫히는 문에 남자의 심장이 놀라 멈추며 상대에 대한 마음까지 멈
  추는 경우가 있으니까요.)

기왕 도와드리는 거, 남자의 맘을 알 수 있는 작은 팁도 보너스로 드
릴게요. (나 너무 착한 것 같아...)

* 일단 남자가 아린 님에 관한 질문이 많으면 호감이 있는 거예요.

  (그게 아닌 다른 질문들의 비중이 많다면 그건 호감도가 적다는 얘기겠죠.)

* 집까지 바래다준다면 몇 번 더 만나 볼 의사가 있다는 얘깁니다.

* 헤어질 때 남자의 마지막 말에 귀 기울이세요.

  "연락할게요."란 말을 전해오면 긍정적이지만 "통화해요."라고 말한다면 크게

  맘에 들지 않는다는 뜻입니다.

  "연락할게요."는 자신이 전화를 하겠다는 말이지만,

  "통화해요."는 자신이 하겠다는 것도 아니고 그렇다고 여자에게 하란말도 아

  니고... 애매모호하잖아요. 그냥 형식상 하는 인사인거죠.

* 남자가 돌아가는 길에 잘 들어갔는지 안부 전화가 걸려온다면 더욱 확실한

  거죠.

그럼 건투를 빕니다.

아린 님... 헬프 미~

혹시, 주무시나요?

아린 님이 소개팅을 한다니까 괜히 배도 아프고(ㅡㅡ) 무엇보다 동지가 사라졌단
생각에 9시 뉴스가 끝나자마자 맘을 달래려 진열장에 꽂힌 DVD 중에 로맨틱
영화만 골라 세편을 연달아 봤어요.
마지막으로 본 '그 여자 작사 그 남자 작곡' 의·감미로운 노래 탓인가,
괜히 센치한 마음도 생기고 한편으론 연애에 대한 갈망도 생기네요.
해서 내일 당장 전화하려고요.

누구냐고요?

지난번 그 여동생의 친구요.

맘을 한번 내비춰 보려고요.
그래서 말인데 저 또한 만남에 대한 팁을 얻고 싶은데...
사실 여동생과 함께인 자리에 그 친구가 합석해 두 번 정도 자리를 했을 뿐
단둘이 따로 만난 적이 없거든요.
거기다 서로 제대로 대화를 나눈 적도 없고...
만약 만나게 된다면 저에겐 첫 만남이나 마찬가지예요.

뭘 입고 나갈지, 뭘 먹을지...
어떤 말을 해야 할지, 어떤 행동을 해야 할지...
주의 사항이 뭔지...
알려 주세요.
또한, 그녀가 저에 대한 호감이 있는지를 알 수 있는 팁도...
기다릴게요~

제가 돈테 님께 자극이 된 건가요?
아닌데...
저는 돈테 님께 자극이 돼서 소개팅을 하는 건데...

그리고!
그 전에 확실히 해둘 게 있네요.
동지가 없어졌다뇨...
결과가 어떻게 될지 모르잖아요.
김칫국 마시는 건... 제 스타일이 아니라서...
처절하게 퇴짜 맞고 들어오면 돈테 님께 위로의 한마디를 부탁하려고 했더
니 돈테 님이 저보다 좋은 소식이 먼저 들릴까 괜히 두려운걸요?

애인 먼저 생기면 이거 반칙 아닌가...

그래도 저를 위해 완벽한 소개팅 대처법을 보내주셨으니
(정말 깜짝 놀랐어요.. '통화해요' 라는 말이 별 관심 없다는 뜻인 줄 이제 알았지 뭐
예요. 그동안 그 말을 듣고 전화를 기다린 시간이 얼마인지... 켁)

1. 어떤 의상?

돈테 님의 매력이 가장 잘 보일 수 있는 의상으로 입고 나가세요.
그리고 소개팅처럼 만들어진 자리가 아니니까 정장스타일보다는 편안한 의
상이 좋을 것 같네요.

2. 뭘 먹지?

여자들은 남자들이 '다음에 뭐할까?' 라고 하는 말을 제일 듣기 싫어해요.

특히 밥을 먹으러 갈 때 먼저 물어보세요.
"어떤 음식 좋아하세요?"

물어보고 정확하게 자기 취향을 밝히는 여자 분이면 그 메뉴로 정하시면 되고요.
만약 "아무거나 잘 먹어요. or 전 뭐든지 좋아요." 라고 하는 경우,

(참, 이 경우 남자들은 이 여자가 진짜 뭐든지 다 잘 먹는 여자인가보다... 라고 생각하는데 물론 그럴 수도 있지만 대부분 처음이라 어색해서 얼버무리는 거라고 보시면 돼요.)

진짜 아무데나 가면 큰일 나요.
그리고 자기 맘대로 음식을 아무거나 시키는 경우에도 여자들은 '이 사람 뭐지?' 라고 생각할 수 있으니까
이 경우엔 메뉴판을 보고 아는 음식이 있다면 (먹어본 음식이 있다면)
'이건 어때요? 제가 먹어봤는데 맛있던데...' 라고 물어보거나. 아니면 그곳 직원에게
"이 식당 메뉴 중에 여자분들이 좋아하는 메뉴는 뭔가요?" 라고 물어본 후
상대방 여자에게 물어보세요. 추천해 준 음식 어떤지...
여자들은 공주대접을 해주는 남자들에 대한 기대와 환상이 있으니까요.

첫 만남 때 돼지국밥이나 순대국은 땡!
이 두 가지 음식을 못 먹는 여자들도 있다고요. 이빨에 깍두기의 고추가루가 낄까 염려스런 음식이잖아요.

첫 만남 때 피해야 할 음식의 종류를 알려드릴게요.
자장면, 햄버거, 손으로 들고 뜯어야 하는 치킨, 족발 류. 순대볶음, 돼지껍데기 등 이런 음식은 금물이에요.
여자들에게 내숭을 떨 기회를 주는 것도 남자들의 배려랍니다.^^

그리고 음식점에 들어가서 메뉴를 고르는 문제보다
가장 기억해야할 것!
커피숍에서 처음 만난 후 밥 먹으러 갈 때 '어디 갈까요? 여기 어디 아는데
있으세요?' 라고 묻는 것보다 조금 더 높은 성공률을 위해서는 그 전에 약
속장소 근처 맛집을 조사해서 나가는 센스를 발휘하시는 것도 만점짜리 소
개팅남이랍니다.

3. 주의할점.

돈테 님도 저도 나이가 있다 보니... 대화를 하다가 가끔 과거 연애사에 대
해 묻거나 얘기하게 되는 경우가 있죠?

이 경우를 조심해야해요.

절대 여자들의 유도심문에 넘어가지 마세요.
혼자 감상에 빠져서 얘기하지도 마시구요.
과거 연애사는 결혼하고 나서도 웬만하면 가슴속에 고이고이 접어두고
발설하지 말라는 결혼선배들의 이야기도 있더라고요.
남자든 여자든, 과거는 과거 추억일 뿐이니까. 굳이 그 이야기를 새로운 만
남을 앞둔 시점에서 꺼낼 필요는 없습니다. 절대로요!

그리고 대화를 할 때 공통 주제를 꼭 빨리 찾아내세요.
둘의 취향이 비슷하고 함께 뭔가를 할 수 있다는 사실이 둘 사이를
더욱 친밀하게 만들어준답니다.

혹시라도 여자 분이 정말 마음에 든다면 조금 싫어하는 취미나 운동이라도
좋아한다고 일단 대화를 이끌어 가는 것도 도움이 될 거에요.

4. 만남이 끝난 후

– 여자의 집 앞까지 함께 가주기. (단, 여자가 부담스러워 할 경우 제외)

- 문자나 SNS를 통한 안부는 절대 금물!
늦은 시간이라면 문자로 양해를 구한 후 전화를 하는 것이 좋아요.
뭐 의미 없는 말을 하더라도 사람의 목소리는 마음을 전할 수 있거든요.

목소리의 가는 떨림
단어 사이의 숨소리
웃음 소리 등등.

몇 줄 안 되는 문자가 전할 수 있는 마음보다 목소리가 전하는 마음이 더
크니까 전화를 하세요.
그 여자 분도 돈테 님이 마음에 있다면 목소리에 웃음이 배어 있을 거예요.

그리고 마지막으로
소개팅을 나가면 자신의 일에 대해서만 주구장창 얘기하는 남자 분들이 있
는데요. 그건 진짜 마이너스 만점인 남자예요.
무슨 비즈니스 목적으로 만난 게 아니잖아요.
잘난 척, 배운 척, 아는 척 하지 마시구요.
대화는 공통점을 찾아내는 대화로 이끌어 가세요.
그리고 대화의 끝엔 항상 상대방의 의견을 묻는 '?'로 끝낼 것!
그래야 대회를 이어갈 수 있잖아요.

제가 보내는 이 메일이 돈테 님께도 도움이 됐으면 좋겠네요.

한편으로는 제가 소개팅 할 그분도 이런 팁을 누군가에게 배워서 나왔으면
좋겠단 욕심이 생기네요.

무슨 전투에 나가는 심정으로 소개팅을 준비하는 것 같아...
좀 웃기지만 돈테 님도 나도 건투를 빌어요.

서로 지나간 사랑의 '추억'이 아니라 '사랑이야기'
를 주고받는 사이가 될 수 있길...

감사의 말씀.

답변 감사합니다.
그나저나 참말로 거시기하게 난처한 상황입니다.
소개팅이 잘 돼도 문제 안 돼도 문제... ㅋㅋㅋ

혹시나 둘 중 하나가 잘 되더라도 온라인 넷맹 동지로서의 조언과 충고는 계속
이어가는 거 어떨까요?
연인이 생기면 더욱 서로의 힘이 필요할 것 같은데...
뭐, 잘 되면 합동 결혼식하구요.
아무튼 아린 님 답변에 딱 맞춰 만남에 나가도록 할게요.
서로 건투를 빌자고요~^^

소개팅 이틀 전

여동생의 적극적 협조로 그 친구와 만나기로 했어요. ^^
근데, 날짜를 잡으려고 통화해야 하는데 문득 재미난 생각이 드네요.

우리 같은 장소에서 만나는 거 어떨까요?

재밌을 거 같은데...
나중에 서로라고 생각되는 사람을 맞춰보기도 하고... ㅋㅋㅋ
저도 홍대 쪽에서 만나려고 하는데 혹시 아직 장소를 정하지 않으셨다면
메일 보시는 대로 답장 주세요.

AM 2:00

바쁘신가 봐요.

답장이 없으시네...

혹시 소개팅을 위해 피부 마사지라도 받고 계신 건가요? ^^

그녀에게 장소를 알려줘야 해서 지금 전화를 해야 될 거 같아요.

참고로 저는 토요일 2시 홍대 카페 골목 ○○에서 만날까 해요.

인터넷 검색하면 위치는 상세히 나올 거예요. ^^

그럼, 토요일에 아린 님의 향기를 찾아 낼 수 있길 기대하며...

to 돈키훈테

오늘 날씨 참 좋네요.^^
돈테 님은 소개팅 잘 하고 계신가요?
지금 잠시 소개팅 남이 담배를 피운다고 밖으로 나갔어요.
그 틈을 타 메일을 씁니다.
전 잘하고 있는 것 같은데
결과는 어떨지...^^
그런데...
혹시... 말이에요.
돈테 님
창가 쪽 자리에 검정 뿔테 안경을 쓰고 앉아 계시나요?
햇살 같은 웃음을 가진 저 사람이
혹시...

당신... 인가요?

이별할 때 키스하기

초판 1쇄 인쇄 2011년 7월 20일
초판 1쇄 발행 2011년 7월 27일

지은이   이상훈, 윤미성
사진   김구현, 고유석
모델   손시우, 김혜리

발행인   손현욱, 손우리
편집인   엘모멘토 el momento

디자인   김수정

펴낸곳   도서출판 도모 www.domobooks.co.kr
주소   서울시 서대문구 창전동 316-2 2층
주문전화   02-3141-4935   **팩스** 02-3141-4934
이메일   dream-makers@hanmail.net
출판등록   2010년 12월 8일 제 312-2010-000055호

ⓒ2011 도모북스, 이상훈, 윤미성
ISBN 978-89-965632-1-1 03810

가격은 뒷표지에 있습니다.

잘못 만들어진 책은 바꾸어 드립니다.

이 책은 도서출판 도모가 저작권자와의 계약에 따라 발행한 것이므로
이 책의 내용을 이용하시려면 반드시 저자와 본사의 서면동의를 받아야합니다.